フライ・ハイ

ポーリン・フィスク

あかね
書房

もくじ

Book 1 ……5

クラレンス・ストリートにある家 …… 6
ピンク・フラミンゴ …… 11
キャッスルコーブ …… 17
血の話をした日 …… 27
アルフレスコ …… 34
グラディス …… 41
フランキーの飛ぶ夢 …… 53

Book 2 ……59

シンクロ体験 …… 60
人生は末期的な病気 …… 71
友情のこと …… 82
変化の風 …… 85
明るいほうを見つめて …… 91
癌のエキスパート …… 97
ジョニー・デップ …… 106
ゴージャス・ジョージ …… 113
拍手かっさい …… 124

Book 3……133

金貨……134
つらいとき……145
DSMCE……153
暗い夜空……167
癌についてわかったこと……180
おもしろいことノート……184
ハロー・ジャンプ……187

Book 4……195

フランキーのために飛ぶ……196
夜勤の看護師……213
凧あげ……221
題名のない詩……229
キャンドル再び……236
すべてをハッキリ見ること……243
アバブタウンにある家……250
ママの決心……261
言葉遊び……267
第三次大戦……270
ニャランニャラン……284

Book 1

クラレンス・ストリートにある家

あたしの名前は、カリス・ワッツ。近所のブライオニーはからかってわざと〝キャリス〟っていうけれど、あくまでも〝カリス〟っていう発音がほんとう。家があるのはダートマスで、兄のダモにいわせれば、リタイアしたあと住むにはぴったりだけど二十五歳以下の人間にとっては夢も希望もない土地らしい。だけど、あたしはそうは思わない。そんなの、ダモが頭のなかで勝手につくりあげたイメージだ。ダモが高校を卒業したあと、子どものころからの夢だったブルースのギタリストじゃなくてボートの仕事をすることになったのだって、本人の責任以外なんでもない。前にダモにハッキリいってみたことがあるけど、妹じゃなかったら、ぼこぼこにされてたと思う。

いま住んでいる家は、アバブタウンにある。その前は、おばあちゃんといっしょにクラレンス・ストリートに住んでいた。丘のてっぺんにある、白い外壁のある家だ。壁には青いドアがついてて、歩道から内側に開くようになっていた。そのドアを通って、石の踏み段をのぼっていくと、真ん前に玄関があった。

家の日当たりのいい側は、ぜんぶおばあちゃんが使っていた。まあ、あたりまえだと思う。子守りとして長年働いたお礼にジョンコックス家からあの家をゆずりうけたのは、おばあちゃんだから。おばあちゃんの部屋からのダート川のながめは、すばらしかった。屋根裏からも少しだけ川が見えて、そこがあたしの部屋だった。窓が小さくて高いところにあるのでベッドの上に立っても外がながめられないけれど、イスの上に立つと、川岸にたちならぶすてきな古い家並みから聖ペトロクス教会やダートマス城まで、川が流れて海にそそぎこむのがはるばる見わたせた。

あたしは、ダートマスで生まれた。うちの家族は先祖代々、ダートマスにしっかり根をおろして生きてきた。まわりには、ダートマスに家があっても、じっさいの生活はほとんどロンドンでしている家族が多いけど。ここではみんながうちの家族のことを知ってて、ちょっと世界がせますぎるような気もするけど、少なくともダモがまだ家にいたころよりはましになってきた。

ぺらぺらダモ――あたしはよく、そう呼んでいた。なんでもかんでも人にしゃべらずにはいられないからだ。昔はしょっちゅう、それで頭にきてた。ダモがよく飲みにいくパブ〈ドルフィン〉の前を通ると、外のベンチにすわってる男の子たちが「おっ、ダモの妹じゃん」って声をかけてくる。あたしには名前なんかないみたいに。あたらしい靴をはこうものならいつのまにか、値段とか、どこで買ったかとか、ケチなパパに買わせるためにどれだけ苦労したかとかが知れわたっている。

きっと、あたしがノートを買ってこんなことをずらずら書いてるのをパパが知ったら、めちゃくちゃキレるだろう。ダモだってそうだ。だけど、どうしても書いておきたいことがある。これが、ぺらぺらおしゃべりしてるのと同じことでも。ずっと前から、書き残しておかなくちゃと思いつつも、いざとなるとなかなか書けなかった。そしてとうとう、いますぐ書かないと大切なことを半分くらい忘れちゃって二度と思い出せないかもって心配になってきた。

どうしても書いておきたいのは、ダモのことなんかじゃない。それをいうなら、近所のブライオニーのことでもない。だいたい、なんで話に出しちゃったのかもわからないくらい。あたしが書きたいのは、フランキーのことだ。そして、雑貨屋さんで買った一冊のノートだけでは書ききれないっていう予感がする。

フランキーのフルネームは、フランチェスカ・ダイアナ・ブラッドリー。フランキーは、あたしの人生にいきなりずかずか入りこんできた。そしてやがて、あたしの親友になった。

ブラッドリー家は、川むこうのキングスウェアにある。丘の上にある大きいお屋敷で（〝ブラッドリー城〟と呼ばれてた）、一方からは海を、反対側からはダート川を見わたせた。テニスコートや馬屋、バルコニーや広々とした芝生のあるお屋敷に住むブラッドリー家のことを、みんなはよくふざけて〝キングスウェアのキング〟という。港に来ると、夜でも真っ先に目に入るのがブラッドリー城ともいわれてる。最近では、ブラッドリー家がヘリコプターの離着陸場をつくるために崖の上の土地を買おうとしてナショナルトラストと交渉してるといううわさもある。だけど、ダートマスっていうのは、わけのわからないうわさ話だらけの土地だ。あたしは、これっぽっちも信じてない。

小さいころ、フランキーとあたしにはまったく接点がなかった。もちろん、フランキーのことは知っていた。何度も見かけたから。たくさん所有している車のうち一台に乗ってカーフェリーで渡ってくるところとか、自家用船で川をのぼったりくだったりしてるところとか。みんな、「ほーら、わがままプリンセスのお通りだよ」なんていっていた。だけど、そんなことをいう人は、なんにもわかっちゃいない。プリンセスみたいな外見に隠されたほんとうのフランキーは、めちゃくちゃ気どりのないおもしろい女の子で、誠実な友だちだった。

まあ、あたしにしてもいまだからいえることで、そのときはわかってなかった。そのころ、フランキーを〝わがままプリンセス〟と呼んでいたのは、ダートマスのほかの人たちだけではない。あたしも、そう呼んでいた。

ピンク・フラミンゴ

フランキーとあたしは、数日ちがいで生まれた。ただし、あたしがこの世にお目見えしたのはダートマスの川岸にある小さい病院だったけれど（あたしが予定より早く出てこようとしたので、ママはそこにたどりつくのが精いっぱいだった）、フランキーがこの世にあらわれたのは、サウスハム王立病院の特別室だった。

それだけじゃない。どこから見ても、あたしたちはまったく似てなかった。フランキーは泣きわめいたりしないカンペキな赤ちゃんだったけど、あたしは〝赤ちゃん大泣きコンテスト〟のイギリス代表になれそうないきおいだった。フランキーはデザイナーズブランドのベビー服を、あたしは人からもらったお下がりを着てた。フランキーは、赤ちゃんのときからきゃしゃでつやつやのブロンドだったけど、あたしはずんぐりしてて髪ももじゃもじゃで、そのまま大きくなった（フランキーが、あたしのもじゃもじゃの黒い髪の毛がうらやましくてたまらないといったことがあったけど、なぐさめるためにうそをついたのはわかってる）。

大きくなるにつれて、あたしたちのちがいも大きくなった。フランキーの毎日は、バレエと乗馬とウォータースポーツとテニスで過ぎていったけど、あたしはとくに何もしないでごろごろしていた。フランキーは、お母さんの車に乗ってあちこち出かけてばかりで、プリンセスみたいに近づきがたくて手の届かない存在だった。あたしはといえば、テレビの前にすわってるか、ダモにまとわりついてはうるさがられていた。

あたしの毎日はさえなくて、フランキーのほうはキラキラしていた。フランキーの両親が自家用船でシャンパンパーティを開くと、川の両岸の人たちにそのようすが知れわたった。家族でしょっちゅう、とつぜん休暇をとっては外国旅行をしていた。お父さんは映画スターみたいに日に焼けていたし、お母さんはスーパーモデルみたいにすらっとしてオシャレだった。週末になると、お兄さんふたりが寄宿学校から帰ってきて、家族でヨットに乗ったり、ウィンドサーフィンをしたり、乗馬をしたりしていた。

フランキーのお兄さんたちが乗馬ズボンやらヨット用のウィンドブレーカーやらでダートマスの町中をぶらつき、いろんなお店でわがもの顔でふるまう姿を、よく見かけた。上のお兄さんは、〝ゴージャス・ジョージ〟として知られていた。ダートマスじゅうの女の子がゴージャス・ジョージに夢中だった。下のお兄さんの〝ディガーズ〟ことディゴリーは、ジョージの半分もカッコよくないのに、それでも女の子たちにきゃあきゃあいわれていた。

あたしがはじめてブラッドリー家の人にまともに会ったのは、オーガニック衣料のお店〈グリーン・フラックス〉だった。ママが、いまみたいにサウスハム王立病院の医療事務に勤めだす前に働いていたお店だ。休みの日になると、あたしは手伝うといってはお店に遊びにいき、たいていはママの足手まといになっていた。

その日、ゴージャス・ジョージが妹を連れて、前に買ったローファーのサイズ交換をしに店にやってきた。そして、合うサイズがなかったので、お金を返してほしいといってきた。でも、〈グリーン・フラックス〉では返品は受けつけてない。店内にも注意書きが貼ってあるのに、ママがそう伝えるとジョージは怒りだした。それでもママがゆずらないと、フランキーまでキレた。どうやら、ブラッドリー家の人間にノーをいう人に会ったことがないらしい。フランキーはそのうち、ママをののしるようなことまでいった。で、あたしもキレた。

「ちょっと、そこのわがままプリンセス！　あたしのママになんてことというの？」

どうしてそんなことをしたのか、自分でもわからない。面とむかっていいかえすなんて、あたしらしくもない。ママはぱっとこちらをむいて、あたしをにらんだ。よけいな口出しはしないでちょうだい、みたいに。だけど、もうおそかった。フランキーは、反論されたのは生まれてはじめてみたいに、ぎょっとした顔をした。ジョージは〝おまえ何様だ？〟みたいな顔であたしをにらむと、妹の手をとって、ローファーをおいたまま店をずんずん出ていった。こんな店二度と来るか、今後は家族も友だちも近所の人も知り合いも全員ここでは買わないからな、といいすてて。

「自分のしたこと、わかってる？」ママは、ふたりが行ってしまうといった。「あの一家は、お得意さんなのよ。二度と、お客にあんな口をきかないで！」

それ以来、まるでそういう運命だったみたいに、あたしはフランキーと切っても切れない関係になった。フランキーはもう、ただのブラッドリー家の女の子ではなくなり、あたしが大口をたたいた相手になった。そして、あたしが行く先々にあらわれた。ダートマリーナホテルの前を通りかかれば、フランキーがお母さんとテラスでコーヒーを飲んでいる。美容院を外からながめながら、あたしもこういうところで髪をストレートにしてもらえたらなあと思っていると、フランキーがなかでブロンドにハイライトを入れている。

なんでわざわざハイライトなんか入れるんだろう。だれもがあこがれる髪をもってるのに。長くてふさふさで、生まれつきのブロンドのさらさらストレート。だけど、フランキーはそれだけでは気がすまないらしかった。しょっちゅう髪をもてあそんで、うしろにぱっとはらっていたけれど、そのしぐさがどこからくるのか、ある日、フランキーが学校の友だちといっしょにいるのを見たときにわかった。みんな、同じしぐさをしていたから。

フランキーが通っていた学校には、そういう女の子がたくさんいた。髪をぱっとうしろにはらうような女の子だ。たぶん、ああいうタイプ共通の癖なんだろう。あの学校に通っている女の子は、ひと目でわかった。みんなして脚が長くて、肌がピンク色で、首が長くて、髪をいつもかきあげていて、集まってるとフラミンゴの群れみたいに見えた。

じっさい、あたしはそう呼んでいた。〝ピンク・フラミンゴ〟って。あたしはあの子たちを、自分とはまったくちがう人間だと思っていた。考えることもちがう。望むことや、夢見ることもちがう。だから、そのなかのひとりと友だちになるとは、思ってもみなかった。これっぽっちも。

だけど、じっさいはそうなった。いきさつは、こんなふうだ。

キャッスルコーブ

キャッスルコーブは、どんなことでも起きる場所だ。フランチェスカ・ダイアナ・ブラッドリーとあたしが友だちになる、なんてありえないことも。ダートマスであたしのいちばんのお気に入りの場所で――いままでも、そしてこれからもずっと――、あたしがいま、こうして書いている場所でもある。

何年ものあいだ、たくさんの人が崖の上の道を行き来してたのに、その下にキャッスルコーブという入江があるとは気づいてなかった。昔は、あたしだけのヒミツの場所だった。下におりてそこへ行けるのは、あたしだけだった。いまではだれもが知っている。階段が修理されて、「危険」の看板がとりはずされたかわりに下におりる道があることを示す柱が立ったからだ。だけどしばらくは、あたしが独り占めしていた。

あたしはキャッスルコーブに立つ古い木の根っこのあたりに、隠れ家をつくった。足りないものがあるといつも、ちょうどいいタイミングで潮が運んできてくれた。木の枝の上にテラスをつくりたいなと思ったら、潮が木の板とロープをもってきてくれたこともある。人に見つかっちゃわないかなと心配してたら、大きいネットが運ばれてきたから、それを隠れ家にかけて、草や海草やシダでおおった。

そのカモフラージュ作戦にとりくんでたとき、フランキーがはじめて通りかかった。ああ、もっと早くやっとけばよかった……とっさにそう思った。フランキーは、お兄さんたちといっしょにお父さんの船に乗っていた。入江の水がはねあがり、カモメが鳴きながら崖の上に逃げていく。あ、船だと思って、あたしはかたまったまま、見つかりませんようにと願っていた。だけど、しっかり気づかれていたらしい。二日後、フランキーがやってきたから。

そのときフランキーは、ひとりだった。小型のヨットで来たので、ぎりぎりまで気づかなかった。流れてきたがらくたでウィンドチャイムをつくっていたあたしが顔をあげると、フランキーがヨットを岸にあげていた。

見られちゃったら、いまさらじたばたしてもしょうがない。でも、せっかくの一日がだいなしだ。

走って逃げる先も、隠れる場所もない。フランキーが近づいてくるのを見つめているしかない。その表情を見れば、前にあたしに〝わがままプリンセス〟となじられたのを覚えているのがわかった。

「ねえ。ちょっと。どういうつもり?」フランキーは、そういいながら歩いてきた。まるで、キャッスルコーブがブラッドリー家のプライベートビーチにあって、あたしが勝手に立ち入ってるみたいに。

あたしは返事をしなかった。というか、する必要もなかった。フランキーはとっくに、あたしの横を通りすぎていたから。勝手に入らないで、なんていってもムダだ。ブラッドリー家の人は、どこへ行くにも許可なんかとらない。フランキーにしても同じだ。

まるで自分の持ち物みたいに、フランキーはあたしの隠れ家をじろじろ見はじめた。あたしは、ムカムカしながらあとを追った。

「そっちこそ、どういうつもり?」

だけど、フランキーは答えなかった。いろんなものをひとつずつ見てまわるのに夢中だったからだ。止めようったってムリだ。テラスにのぼられても、壊れませんようにと祈るしかない。そのうちフランキーはおりてくると、木の根っこを手さぐりして、キャプテン・ジャック・スパロウのかっこうをしたジョニー・デップのポスターに目をつけた。

「ファンなの？」

うー、この場から消えちゃいたい。あたしは、真っ赤になった。

「関係ないでしょ？」

やっとのことでフランキーを隠れ家から追いだしたものの、海岸からは追いだせない。フランキーは、隠れ家をじろじろ見つめて立っていた。うらやましがってるのがミエミエだ。

「これ、ぜんぶひとりでつくったの？」

「だったら、なんなの？」

「だったら、すごいとしかいいようがないわ。百万年かかっても、わたしにはつくれない。わたしが見たなかで、まちがいなくサイコーの隠れ家よ。まっ、家具が少しあってもいいけどね。あと、ラグを敷けばもっと居心地がよくなるわ。それに、ポスターに関していわせてもらえば、ジョニー・デップなんかよりもっと趣味のいいのを貼ったらどう？」

また顔が赤くなった。フランキーは、知らんぷりして家具の話を続けた。家でいらなくなったのがあるから、よかったらあげるわよ。だれも文句はいわないし。なくなったのさえ、気づかないはずよ。いつでも船で運んできてあげる。

あたしは、いらないと答えた。だけどつぎの日、あたしの返事などおかまいなしに、家具が運ばれてきた。必要ないからといって、もって帰ってもらおうとしたのに、フランキーは、運んできた家具を海岸に並べると、第二弾をとりにもどっていった。さては乗っとるつもりかな……わがままプリンセスって呼ばれた仕返し？

第二弾が届くと、あたしはまた、家具なんかいらないし、ここはあたしの隠れ家だから何をおこうがあたしの勝手だといった。だけどフランキーは、何ひとつもって帰ろうとはしなかった。いらないなら潮にさらってもらえばいいじゃない、といって。

あっというまに、海岸は家具だらけになった。あたしには、どうすることもできない。しかも、高級な家具ばかりだ。やっとフランキーが帰ると、あたしはふたつあるラタンのひじかけイスに、ためしにすわってみた。こんなのをあっさり捨てちゃう人がいるなんて、信じられない。それから、板に彫刻がしてあるテーブルをじっくりながめた。そのあと、丸めてあったペルシャじゅうたんをほどき、ベルベットのカーテンを広げてみた。だけど、隠れ家のなかには何も入れなかった。

そのあとしばらく、フランキーを見かけなかった。とうとうもどってきたころには、テーブルもカーテンも波にさらわれていた。フランキーは、なんの感想もいわなかった。だまって岸にあがってきて、前からの友だちみたいにあたしに手をふった。

いまでも覚えてる……あのときフランキーの姿を見て、あたしは気が重くなったんだっけ。もう会いたくないと思ってたのに、むこうはそうじゃないらしい。

「こんにちは」フランキーはいった。

「なんの用？」あたしは、ありとあらゆる疑わしいことを思いうかべながらたずねた。

だけどその日の終わりには、あたしたちは友だちになっていた。

どうしてそういうことになったのか、いまでもよくわからない。最初、あたしはフランキーをムシしようとした。それから、わざとムカつく態度をとった。そのあと、フランキーのヨットを流しちゃおうとまでしたけど、うまくいかなかった。フランキーが海岸のはしっこにすわって、あたしは反対側にすわっていた。そのうちだんだん、自分だけの隠れ家より、だれかといっしょのほうがずっと楽しいように思えてきた。

その夜、フランキーが帰るまで、ふたりで家具を運びこんで、隠れ家をほんとうの家みたいに変えた。だけどそれ以上にあたしたちは、自分たちのことも変えようとしていた。だってどういうわけか、ふたりとも想像もしてなかったけれど、おたがいのなかに自分たちを結びつける何か――たぶん、あたしたちに共通するさみしさ――を見つけたから。

あとでフランキーは、友だちになるつもりなんてまったくなかったわ、といった。隠れ家がうらやましくて知り合いになろうとしただけだって。だけどそんなのは、からかっていってただけだ。その日、キャッスルコーブで、まぎれもなくほんものだといえるものが、あたしたちのあいだに生まれた。その場かぎりの奇跡とかじゃない。ふたりともが、ずっともちつづけるものだ。時間とともに、どんどん育っていくものだ。

だけど、始まってすぐ、あたしたちの友情は人に知られてはいけないものとなった。これから先、家族に話さないほうがいいのはわかっていた。ブラッドリー家は、娘をお姫さまとして育ててきた。その娘が共働きの家の地元の娘なんかとつるむのを、よく思うはずがない。ましてや、朝から晩まで対岸のダートマスをうろついてるなんて。あたしにしても、ダモに知られたら、わがままプリンセスなんかと仲よくしてると町じゅうにふれまわられて、恥ずかしい思いをするはずだ。

そういえば、フランキーと話したことがある。これだけたってもあたしたちの友情をヒミツにしていられるのはビックリだ、って。聖ペトロクス教会の墓地を歩きながら墓碑を読んでいるとき、フランキーがいった。カリスが死んだら、ヒミツもぜんぶいっしょに死ぬのね、って。

「なんか、悲しいわね」フランキーはいった。「自分がいなくなったら、自分がしたこともぜんぶ、なくなっちゃうのよ。それでも世界は、何ごともなかったみたいに進んでいくの。残るのは、石だけ。石が、ヒミツを隠しておいてくれるの」

あたしは、あたしが死んだら墓石なんかいらない、といった。遺骨はキャッスルコーブにまいてほしいって。フランキーは、それっていいわねといった。だけどどうせ、一族の巨大な地下納骨所かなんかに入れられて、まわりを横木で囲まれて、チューダー朝のお姫さまみたいに像なんかつくられちゃうに決まってるわ、って。

フランキーが、家族のぜいたく主義をちゃかして、お金をムダにしているような冗談をいったのは、その一度きりだった。あたしも、冗談で返した。うちの家族のだれかが死んだら、墓石も立ててもらえないんじゃないかな。パパがケチで、死んだ人にお金なんか使わないから、って。

「もしパパのほうが先に死んだら、ママはきっと、パパがコツコツ貯めたお金を一気に使うつもりだよ。それが、ママのヒミツ。使って使って、使いまくるっていってるもん」

血の話をした日

ふたりで血の話をした日、いろんなことが変わりはじめた。

ダートマス音楽祭のあった週末のことだ。パブではバンドが演奏し、野外音楽堂ではコンサートが開かれていた。通りは大道芸人であふれかえり、ありとあらゆる広場で音楽イベントがおこなわれていた。あちこちに人が群がり、みんな両手にビールの入ったプラスチックのカップをもっている。音楽が、町じゅうのドアや窓から流れていた。

ダートマス城のとなりにある聖ペトロクス教会さえ、ロンドンからきたゴスペルの聖歌隊のリズムを刻んでいた。隠れ家にいても、よくきこえた。あたしは、ダモが町じゅうを歩きまわっていろんな人にちょっかいを出しているのがうっとうしくて、隠れ家に来ていた。

階段をおりたときに真っ先に目に入ったのは、まったく予想外だったけどフランキーのヨットだった。と思ったら、フランキーがこちらに走ってきた。両親が出かけて、フランキーのめんどうをみるようにいわれたお兄さんたちは音楽祭に行っちゃったそうだ。あたしたちは、午後じゅうふたりっきりで過ごせた。

それは文字どおり、自分たちの世界のなかで過ごした時間だった。あたしたちだけの、ほんものの世界だ。すでにキャッスルコーブは、プライベートビーチから、ヒミツの世界にある空想の王国に変わっていた。前は、隠れ家にするのにぴったりな大きさの根っこと枝のある木の生えた、ただの海岸だった。それがいまでは、国境や、ぜったいにごまかしのきかない検問所や入国審査もあるひとつの国になっていた。隠れ家は、見張り台のあるお城だった。王座のある部屋もあって、あたしたちはクイーンだ。国を治めるのは議会で、かわりばんこに総理大臣の役をやった。

この王国に名前をつけたことはなかったけれど、ヒミツの言語はつくった。「ポンティポンティ」というのは、お日さまがきらめいて何もかもすばらしい日のうつくしさをあらわす言葉。「メティメティ」というのは、悲しいという意味。「ジャンティジャンティ」というのは、せっかくの楽しみをじゃまする人のこと。「ジャン

ティされる」というのは、本人の意思に反して楽しみから引きはなされることだ。そして、「ニャランニャラン」という言葉は、大満足でいうことなしって状態のときに使う。「ニャランニャラン気分」というのは、もう何もかもサイコーという意味だ。

こんなふうにしてあたしたちはその午後、ポスターを王座のある部屋につるしたり（フランキーのお気に入りのオーランド・ブルームのポスターもあった）、平たい岩の上で日光浴をしたりした。頭上の崖には、野の花が咲きみだれ、みずみずしい青い葉っぱがおいしげっていた。あたしは、お日さまの光と海のきらめきにあふれた生き生きとした世界に包まれているのを感じていた。

お日さまがかたむきはじめてやっと、ずいぶんおそくなってることに気づいた。まだ帰りたくないけど、しかたない。めったに親に行き先をきかれないあたしでも、さすがに帰ったら言い訳をしなくちゃいけないだろう。

いつもは、フランキーとあたしは海岸で別々の方向に別れる。あたしは壊れた階段をのぼって歩いて帰るし、フランキーはヨットで川を渡る。だけどその日はおそかったので、フランキーがヨットを川上に進めてダートマスのはずれにあるフェリー乗り場まで送ってくれた。クラレンス・ストリートに帰るには、そこがいちばん近かったからだ。

あのときのことは、よく覚えてる。ヨットに乗ると、夕日が川に沈んでいき、くしゃくしゃにしたセロファンみたいに見えたっけ。フランキーはずっと無口で、らしくなかった。いつもはおしゃべりなのに、表情もくもってて、おそくなった以外に心配ごとがあるように見えた。

フェリー乗り場に近づいても、フランキーはまだひと言もしゃべらなかった。そこであたしは、何かあったのかとたずねた。フランキーは、あったと答えた。でも、早口すぎたかなんかで、はっきりききとれない。そのあと桟橋にあがるとき、フランキーがまた口を開いた。いまにして思うと、あのときの会話が、いろんなことの始まりだった。

フェリー乗り場のむこうにあるダートマリーナホテルから、ブルースがきこえていた。いまでは、あの悲しい張りつめたような音をきくたびに、フランキーの言葉がよみがえってくる。

「生理が始まったかもしれないの。ハッキリとはわからないけれど、それ以外考えられないから」

あたしがまず発した言葉は、「それだけ?」だった。だけど、つぎに感じたのは、ねたましさだった。ふいに、フランキーがちゃんとした大人の女性に見えた。おいてけぼりになったみたいな気がする。

「どうしてそう思うの?」あたしは、本心をごまかそうとしてたずねた。

「わからないわ。まちがいかもしれない。でも、おしっこをするたびに血が出るの。生理じゃなかったら、説明がつかないもの」

そのころには、埠頭に着いていた。フランキーはぴょんと陸にあがって、ヨットをつなぐと、あたしがのぼれるようにおさえてくれた。

「血が出るなら、生理が始まったのかもね。どっか痛い?」

痛ければいい、と思った。フランキーが顔をしかめたとき、あたしはたしか、うれしかった。痛いと生理だって決まりなの? とフランキーはたずねた。あたしが知ってるみたいに。

「あたしにきかないでよ。その手のことはわかんないし」

フランキーは、ヨットにまた乗りこんだ。こんな話しなきゃよかった、みたいな顔だ。あたしは、きつい言い方をしたのが恥ずかしくなってきた。

「成長してるってことだよ」やさしい声が出せてるかな。

「成長してるような気がしないわ」

「じゃ、どんな気がするの？」

フランキーは、みょうにぼんやりした顔をした。「わからない」心からわけがわからないみたいに。

「だから困るの。どんな気もしないの。説明できないわ。わたしのなかに、空っぽのすごく大きな部分があって、わくわくしなくちゃいけないのに、できないの。あ、どうしてこんな話をしちゃったのかしら。たぶん、なんてことないんだわ。わたしがいったこと、忘れて」

アルフレスコ

つぎにフランキーに会ったのは、〈カフェ・アルフレスコ〉の奥にある人目につかない席だった。あたしたちは放課後たまに、エスプレッソマシンのとなりのその奥まった席で待ち合わせをした。クリームとチョコがのったミルクシェイクをたのんで、氷がつまるストローでゆっくりすすった。会うのはすごく久しぶりで、最初、フランキーはいつもどおり、クラスの女の子たちのおもしろい話をたくさんした。そのうち話すことがなくなったので、あたしは生理のことをきいてみた。

フランキーは顔を赤らめて、目でしーっと合図した。そして、ささやいた。だいじょうぶだけど、大声でいえるようなことじゃないでしょう？　プライベートなことを世界じゅうの人に知られたくないもの。

「じゃ、ホントに始まったってこと？」あたしは、この前みたいにねたましいのがバレバレにならないように注意しながらいった。

「らしいわね」

「で、どんなカンジ？」

フランキーは肩をすくめて、話題を変えた。近くのテーブルにはだれもすわってなかったけれど、その先を話してくれたのは、飲み物のお金を払って、お店の外に出てからだった。あたしたちは、フランキーがキングスウェアまで乗っていくフェリーの乗り場まで歩いていった。

車が列をつくって待つ埠頭であたしたちは立ちどまり、フェリーが小さいタグボートをしたがえて近づいてくるのをながめていた。フランキーは、毎月決まって出血があるわけじゃないといった。そういうものだとばかり思ってたけど、おしっこをしたときだけだし、痛いのがずっとなくならない、と。

「ほんとうにひどいの」フランキーはいった。「たまに、こんなの耐えられないって思っちゃう。すごく落ちこむわ。ママの鎮痛薬をしょっちゅう飲んでるから、そのうち気づかれちゃうんじゃないかと心配で」

たしかに、つらそうだ。あのときあたしは、川むこうのキングスウェアの丘にたちならぶ色とりどりの家をながめながら、まだ生理がこなくてよかった、と思った。あたしが、お母さんに話したほうがいいよというと、フランキーはそうすると答えた。だけど声からして、たぶん話さないだろうって気がした。

フェリーが着いて、車が乗り降りした。フランキーはスロープをおりてフェリーに乗る直前、通学かばんの奥に手をのばして、こういった。忘れるところだったけど、プレゼントがあるの。

それは、フランキーの古い携帯電話だった。それまであたしはケータイをもってなかったので、会う約束はいつも、学校のパソコンを使ってメールでしていた。フランキーはあたらしいケータイを買ってもらったので、古いのは用済みになったというわけだ。

その夜、あたしははじめてフランキーに電話をかけた。めちゃくちゃ舞いあがって、なんだか大人になった気がしたのを覚えている。時間を気にしなくていいのにまかせて、あたしたちはどうでもいいことをたくさん話した。そして、いまならだれもきいている人がいないからと思い、また生理の話をもちだしてみた。痛いっていってたけど、どんなふうに？　どれくらい痛いの？　おさまることはないの？　おしっこに血が混ざってるって、どんなふうに？　ふつうの血？

「わからないわ。生理ってふつう、どんな感じなの？」フランキーはいった。

「きく相手がまちがってるよ。お母さんにきいて」

フランキーは笑った。わたしがママに生理の話をするかって？　答えはもちろん、ノーよ。

「じゃ、学校の友だちは？　あと、先生とか。または、保健室の先生とか、看護師さんとか、いるんじゃないの？」

「もう、うるさいわね。どこもおかしくないわ。生理って、こういうものなのよ。あーあ、いわなければよかった」

うるさいのはわかってる。だけどつぎに電話をしたときも、この話をしないではいられなかった。今度はフランキーは本気で怒って、人のことに口出ししないで、といった。だけど、まだ血が止まらないし、痛みもおさまらないことは認めた。

電話を切ると、あたしは勇気をふりしぼって、生理痛があんまりひどいときはどうすればいいのか、ママにたずねた。友だちがそれで困ってるんだけど、といって。だけど名前を出さなかったのがまちがいで、ママはあたしのことだと思いこんだ。おしっこに血が混ざってるという説明も満足にできないうちに、ママは生理用ナプキンをさがして家じゅうをかけずりまわった。自分の娘が大人になる日がくるとは思ってなかった、みたいに。

やっとのことで見つけたナプキンを、ママはおそろしいヒミツを隠すみたいに茶色い紙袋に入れて、あたしによこした。何があってもナプキンを切らしちゃいけない、といって。パンツに血がついたら、冷たい水ですすいでから石けんで洗いなさい。あと、あんまり生理痛がひどかったら、湯たんぽであっためるといいわよ。

そのあいだじゅう、あたしは自分のことじゃないとわかってもらおうとしてた。だけどママはきいちゃいなかったし、どちらにしても信じてくれなかった。少女がいつのまにか大人になっちゃうなんてさみしいわね、とかいって。

結局、話を理解して助けてくれたのは、おばあちゃんだった。クラレンス・ストリートの家はおばあちゃんの王国で、あらゆる決定権をおばあちゃんがもっていた。おばあちゃんに知られずに何かをしようとすることは、不可能だった。ここだけの話なんてことは、ありえない。テレビやラジオがついてても、おばあちゃんは自分がいる側からあたしたちの話を必ずききつける。

うざったいとは思うけど、だれもどうすることもできなかった。ママは、おばあちゃんの家で暮らすこと自体いやだといっていた。これじゃ、SFドラマのドクター・フーが乗ってる電話ボックス型タイムマシンの逆ヴァージョンみたいって。外から見ると大きいけど、ドアからなかに入ると小さいから。だけど、パパはぜったいに引っ越そうとしなかった。ひとりっ子で、おばあちゃんにめちゃくちゃ大切にされて育ったから、「母さんにひとり暮らしなんかさせられるか」と、いつもいってた。「しかも、ダートマスで家をもとうと思ったらいくらかかるか知ってるのか？　ここを出たら住む場所なんかないぞ」と。

ママが、娘が生理になるほど成長したショックから立ちなおったと思うと、おばあちゃんがたくさんあるドアのひとつから出てきた。「おしっこに血が混ざってると友だちがいっているなら、すぐに医者に行かせなさい」といって。

「友だちに電話して、医者に行くようにいうの。しなかったら、後悔するはずよ。人生はあっというまだから、後悔なんかしている暇はないの」

グラディス

あたしは、おばあちゃんにいわれたようにフランキーに電話をした。しばらくたったある日の晩、あたしはブラッドリー城に呼びだされた。かなりおそい時間で、フェリーもとっくに最終が出てしまったのに、フランキーは、どうしてもすぐに来てほしいといった。

「いますぐってこと？　今晩？」

「何か問題でも？」フランキーはさらっといった。

問題は、親に見つかったらひどい目にあわされるってこと。昼間に町をうろつくのはともかく、夜となると話はちがってくる。ブラッドリー城に行ってフランキーのぜいたくな暮らしを見せつけられることを自分が望んでるかどうかもわからない。しかも、現実的な問題もある。あたしたちのあいだには、ダート川というものが流れてるのだ。

「フェリーの最終、もう何時間も前に出ちゃったし」

「そう。それなら、ボートを借りればいいじゃない。だいたい、ふつうの人はどうしているの?」

たしかに。ダートマスとキングスウェアのパブが店じまいしたあと、みんなはよく、家に帰るためにボートを「借り」ている。ごくふつうにやってることだ。オールでこぐボートだろうが、モーターで動くボートだろうが、そこにあれば〝ちょっくら拝借〟ってことになる。

だけど、あたしは一度もやったことがない。だいたい、暗くなってから川を渡ったこともない。ましてや、ひとりでなんて。いわゆる大胆不敵ってタイプじゃないし。そういってわかってもらおうとすると、フランキーは怒りだした。どういう友だちなの?　お願いなんてはじめてなのに。だいたい、冒険心はどこへいっちゃったの?

もう少しで、あたしには冒険心なんてものはない、っていいそうになった。いままでも、これからもずっと、って。だけど、フランキーの声には、断っちゃいけないと感じさせる何かがあった。そこであたしは立ちあがり、着がえて、そーっとボート置き場まで行くと、真っ先に目についた船外モーターつきの小さいボートに乗って川を渡りはじめた。ぜったいに返します、と心のなかでいいながら。心臓はバクバクいってたけど、こわいからじゃない。むこう岸に、たいへんなことが待っているという予感のせいだった。

それにしたって、むこう岸に着くことができればの話だ。川の流れはいつもより速くて、急だった。何度も渡ったことがあってもひとりなんてはじめてだし、その夜は、思っていたよりもずっと遠く感じた。キングスウェアの岸に近づいたころには、くたくただった。その上、船をつける場所をまちがえちゃったので、フランキーの家まで丘をのぼっていくのに、予定の二倍も歩かなきゃいけなかった。

こんな思いをしたからには、それなりの理由がなきゃ困る。あたしはそう思いながら、つぎつぎにあらわれる小道をひたすらのぼっていった。自分がどこへむかっているのかもわからずに。

やっとのことで、何度か道をまちがえたものの、あたしはキングスウェア・ヒルのてっぺんまできた。すると、目の前にしっかりした高い壁と電気柵の門があって、そのうしろにブラッドリー城のいくつもの屋根と煙突があった。門は閉まっていて、番犬注意の貼り紙がしてあった。

やっとのことで着いたのに、フランキーは寝ちゃったんじゃないかと心配になって、ケータイでメールを送った。すぐに返信がきて、あたしはほっとした。

「そこから動かないで。すぐに行くから」

しばらくして、フランキーが門のところにあらわれた。そして、だれにも音をきかれないように、そーっと門を開けた。犬の心配はしなくていいわよ、この貼り紙はどろぼうをおどかすためで犬なんていないから、といって。

あたしたちはベランダを通って、両開きの格子のガラス窓から家のなかに入った。フランキーが「お気楽ルーム」と呼ぶその部屋は、天井が高く、めちゃくちゃ大きくて古い暖炉があった。本がたくさん並んでて、彫刻の飾りがあるオーク材の重々しい家具もあり、あたしにはあんまりお気楽には見えなかった。できればそれ以上奥に行きたくなかったけど、むりやり引きずられるようにして、階段やら踊り場やらをいくつもあがったりおりたりして、やっとフランキーのベッドルームに着いた。

その部屋は、おばあちゃんの家のあたしたち家族が住んでいる側がすっぽり入っちゃう広さがあった。まるで、映画のセットを見てるみたいだ。真っ白いラグ、ふかふかのソファ、フラットパネルのテレビとコンピュータスクリーン、本とCDがぎっしりつまった棚、重々しいオーディオセット、フランキーが泳いだり、乗馬したり、ウィンドサーフィンしたり、テニスしたりしている銀のフレームに入った写真、ドアに鏡がついたクローゼット、水色の天蓋のついたお姫さまベッド。

なんか、夢のなかに入りこんだみたい。あちこちにふわふわの巨大テディベアがいるし、大きい葉っぱをつけた熱帯植物の鉢もたくさんある。飾りのたくさんあるカットグラスのハンドルがついた鏡板をはめてあるドアのむこうには、見たこともないほど広いバスルームがある。シルバーとブルーのタイルばりで、シャワーと深いバスタブと全身鏡がついていて、ふかふかのタオルが重ねておいてある。そこからバルコニーに出られるようになっていて、すばらしいながめが見わたせた。

あたしは、しばらくそこに立ちすくんでいた。ずっとここで、ダートマス城や海に続く川をながめていたい気分だ。だけどフランキーに部屋に連れもどされて、ドアを閉められてしまった。フランキーはカーテンを引いた。カーテンも、ほかのいろんなものと同じように、シルバーとブルーだ。ヘアブラシや机の上のペンやノートまで、色が合っていた。

フランキーの部屋着とスリッパも、シルバーとブルーだった。なんか、あたしがいいかげんなかっこうでここに立ってると、せっかくのコーディネイトをぶち壊してるみたいな気がする。来なきゃよかった。キャッスルコーブにいるぶんには、あたしたちは平等。ここにいると、どうしたってちがいを見せつけられる。

「話があるの」フランキーの口調は不安そうで、よそよそしいくらいだった。「来てくれてありがとう。すわらない？」

やっぱり、声がいつもとちがう。しかも、表情がちがうのもわかる。せっぱつまって、いまにもヒミツがこぼれだしそうな光を放っている。フランキーのこんな顔、見たことない。

「何？」あたしは、ベッドのはしっこにおそるおそるすわった。「わざわざ呼びだしたからには、それなりの理由があるんでしょ？」

なんてことないふうにしたいのに、フランキーはめちゃくちゃまじめな顔をしてる。フランキーも、ベッドにすわった。いつものフランキーは、言葉につまったりしない。だけどいまは、どこから話しはじめていいのかわからないみたいだ。しばらく、あたしたちはだまって見つめ合っていた。そしてふいに、フランキーの口から言葉があふれだしてきた。あたしにいわれたように病院に行ったこと、お母さんに話してよかったってこと、検査を受けたこと、こわかったこと、結果をききにいったこと。

あたしはとっさに、なんのことかわからなかった。おしっこに血が混ざってるときいたのを忘れたわけじゃないけど、うまく結びつかない。

「検査って？」あたしはたずねた。

「その検査の結果をききにいってきたの」

「生理が始まったかどうかの検査？」あたしは、フランキーが何をいおうとしてるのか理解しようと必死だった。

「そういうふうに思ってくれてもいいわ」声が、イラッとしている。「ただし、ちがったの。わたしたち、まちがっていたのよ。わたし、手術を受けなくてはいけないの。生まれてはじめてよ。ていうか、病院で何かするなんてこと自体はじめてだから、どういうものか、さっぱりわからないの。ねえ、カリス、バカみたいにきこえるでしょうけど、わたし、すごくこわいの」

フランキーは、真ん丸い目であたしを見つめた。フランキーは、こわがるようなタイプじゃない。それをいうなら、手術を受けるようなタイプでもない。あたしが知ってるなかで、いちばん健康でいちばん元気な人だ。

「どういうこと？　わかんない」あたしはいった。

「わたしだってわからないわ。どうやら、腎臓に問題があるみたいなの。腎臓がどこにあるかも知らないのに。お医者さんが図で説明してくれたけど、ぜんぶ忘れちゃったわ」

フランキーは、助けを求めるみたいにあたしを見つめた。だけど、相手をまちがってる。学校で人間の体の仕組みについて教わったときも、さっぱりわからなかった。というか、理科系はぜんぶダメで、なかでも図が出てくるとサイアク。想像の世界にいるのが好きで、現実の生活は苦手だ。あたしの心は空想でいっぱいで、体の構造とか働きとかグラフとか図とか、その手のものは、謎でしかない。

フランキーは、「便秘」の話もした。それが出血に関係してて、つらい痛みの理由だった。「腫瘍《しゅよう》」という言葉をきいてはじめて、あたしはフランキーが何をいおうとしてるのか、理解してきた。

「どんな腫瘍なの？」あたしはあせってたずねた。

フランキーは、肩をすくめた。「腫瘍は腫瘍よ。でしょ？」

「どれくらいの大きさ？」

「知らないわ」

「知らないって、どういうこと？」

「知らないものは知らないの！　ねえ、カリス、つぎは、その腫瘍になんて名前をつけたかとか、きくつもり？　名前があったほうがいいなら、つけてあげたっていいわよ。そうね、グラディスとでも呼びましょうか。だけど、お医者さんが呼んでた名前は、癌よ。わかってないといけないからいうけど」

癌。言葉が、ナイフのようにグサリと突きささった。だけどあたしは、ショックなことなんてきいてないみたいに落ちついていった。「そうなんだ。でも、とにかく原因はわかったんだね」

「らしいわね」

「だけど、癌になるのってお年寄りだけだと思ってた」

「わたしもよ」

あたしたちは、どうすることもできずに見つめ合っていた。フランキーがいうには、腎臓の問題は何年も前から潜伏してて、かなりめずらしいケースらしい。だけど、こうして見つかったことは大きい進歩だ。担当のお医者さんも、そういっていたそうだ。

あたしは、だまりこくってしまった。フランキーのほうは、いったん口に出してしまったら、話が止まらなくなっていた。

「何年も体のなかに隠れていたと思うとめちゃくちゃ気味が悪いわ。それで、カリスを呼んだの。つぎに会うときまで待てなくて。朝まで待てなかったの。もう、自分のことがわからなくなっちゃったわ。ほかにも何か、隠れているかもしれないでしょう？　自分の体をパカッて開いて、ぜんぶだいじょうぶなのか、たしかめてみたいくらいよ。そんなこと、もちろんできっこないし。しかも、どこから手をつければいいのかわからないもの」

あたしは、バカみたいにうなずくしかできなかった。なんでもいいから役に立ちたいけど、何も思いつかない。フランキーがいうだけいってしまうと、あたしたちはしばらくだまりこくった。それからあたしは、手術はいつかとたずねた。

「あさってよ」

「あさって？」

フランキーは、かすかに笑った。「どこが悪いのかわかったからには、早く治療したいんですって。だけど、心配はしてないの。だって、わたしは若くて強いし、王立サウスハム病院はこの手の治療では有名だって話だから」

フランキーはため息をついて、両手を意味もなくぱたぱた動かした。なんだか、途方に暮れているみたいに見える。ふいに、あたしは気づいた。そうだ、あたしにもできることがある。あたしたちふたりは、ピンク・フラミンゴの女の子たちとはちがって、抱き合ったりキスしたりしたことはない。だけどあたしは、フランキーを抱きしめた。そして、しばらくそのままぎゅっとしていた。

フランキーの飛ぶ夢

小さいころ、フランキーは飛ぶ夢を見た。一回しか見てないのに、ずっとその夢のことが忘れられなかった。夢のなかでフランキーは、不思議な白い風にさらわれた。その風は雨みたいだけど、湿っぽくなくて、シルクみたいにキラキラしていた。風は、フランキーをがっしりおさえこんだけど、つかまっちゃった感じではなく、ものすごく自由な気分にしてくれた。そして屋根の上へ、海岸の崖の上へ、海の上へと運び、とうとう遠くの島まで連れていった。その島には高い山があって、その緑豊かで急な斜面に通せんぼされて動けなくなったけど、それでもまだ自由な気分は続いていた。

「あんなにステキな時間ははじめてだったわ」フランキーはいった。「とても口では説明できない。山の斜面に通せんぼされてても、まだ飛んでるのを感じたの。想像でいってるんじゃないのよ。ほんとうに飛んでるんだってわかってたの。あの山に通せんぼされて、ぜんぜん身動きできなかったのに、もうひとりのわたしの一部分がね、それって、体のまるごとぜんぶみたいに思えたけど、頭のずっと上を飛んでいて、わたしを自由な気持ちにしてくれたの。

あんまり不思議ですばらしくて、思わず声を立てて笑っちゃったわ。目がさめても、まだ笑ってたのよ。それ以来、笑うことと飛ぶことと、自由なことが、いつも心のなかでセットになったの。

この話をしたのは、カリスがはじめてよ。口では説明できないと思っていたし、話したところでだれも理解してくれないだろうって」

あたしは、得意な気分だった。あたしだって、ちゃんと理解してるかどうかはわからない。でも、わからないなんて、ぜったいに認めたくない。あたしは、飛ぶのがこわかった。飛行機も嫌いだし、乗らずにすめばいいと思ってた。あたしが飛ぶ夢なんか見ても、悪夢としか思えなかっただろう。

だけどフランキーが人生で何より望んでいるのは、飛ぶことだった。大きくなったら、空を飛ぶ仕事がしたいという夢までもっていた。お父さんは娘を弁護士にし

たがっていたけれど、フランキーがあまりにもパイロットになりたいという話ばかりするので、ある日、友人にたのんで飛行機を操縦するチャンスをつくってくれた。

フランキーは、めちゃくちゃ舞いあがった。というか、あたしたちふたりとも大はしゃぎだった。あたしはいっしょには行かないし、行きたいなんてさらさら思ってなかったけど。もうすぐその日というとき、あたしたちはキャッスルコーブで落ち合って、どんなふうかあれこれ想像した。フランキーは、飛行機のパイロットに「きみには才能がある。パイロットの仕事につくべきだ」といわれると決めつけていた。そうすればパパも法律学校のことなんか忘れちゃって、パイロット養成所か何かに通わせてくれるはずだわ、といって。

ところがいよいよ本番になると、フランキーの想像していたようにはいかなかった。期待が大きすぎて、現実が追いつかなかったのかもしれない。または、飛ぶことはもとからフランキーの期待してたようなものじゃなくて、夢のせいで誤解してただけかもしれない。

どちらにしても、操縦席にすわったとき、ぜんぜん飛んでいる感じがしなかったそうだ。いくらパイロットに、きみが操縦しているんだよといわれても、自分が飛行機を飛ばしている気がしなかった。たくさんのボタンやらライトやらビービー鳴るものやらの前にすわっていると、ずっと追いもとめていた自由はどこにもなかった。笑いたくもならないし、こわいとさえ思えない。

「みょうな感じだったわ」フランキーはいった。「空中にいるような気もしなかったの。わたしのまわりにあるぜんぶが、なんだか……うーん、そうね、ガシッてかたまっている感じっていえばいいのかしら」

そのあとしばらくフランキーは、飛ぶ話をまったくしなくなった。ほかのことに興味がうつり、飛ぶことはどこかにいってしまったようだった。そして、王立サウスハム病院に入院したあと、フランキーはまた飛ぶことを口にした。

手術の前の夜で、フランキーは個室から電話してきた。病院の規則では、携帯電話は使用禁止だったけれど。まさか飛ぶことなんかこれっぽっちも頭にないと思ってたら、いきなり、あまりにもとうとつに、フランキーはいった。退院したらわたしが飛べるように計画を立ててくれる？

「どういうこと？」何をしてほしがってるのか、いまひとつわからない。「なんの計画？　具体的に、何がしたいの？」

フランキーは、わからないと答えた。ハンググライダーでも、パラグライダーでも、スカイダイビングでも、また飛行機を操縦するのでもかまわない。勝手に決めてくれていいから、と。わたしがほしいのはとにかく、手術のあと楽しみにできることなの。明日に立ちむから助けになってくれるものなの。これからいいことが待っていると思いたいの。パパが計画してくれるはずないし……こんなふうに病気になっちゃったから。

「だから、わたしのために計画を立てて」フランキーはいった。

「えっ……なんの？　どうやって？　どうして？」あたしは、おどおどといった。

「どうしてそうやって、なんでもかんでも質問ばかりするの？　わかりきっていることでしょう？　わたしを飛ばせて。たのんでいるのは、それだけ」

Book 2

シンクロ体験

　ふつうでは考えられないような偶然って、あるものだ。兄のダモの持論によると、〝シンクロ体験〟というものだ。フランキーとあたしの両親はどちらも、フランキーが入院してるあいだ、大げんかばかりしてた。フランキーの両親のほうは、手術が終わったあとどうするかについての意見のくいちがい。いいあらそうのはよりによって、フランキーが寝ているベッドの横だった。うちの親たちがけんかするのは、クラレンス・ストリートの家のなかで、あたしが期末テストのために二階で復習をしているときだ。

　原因は、庭のことだった。おじいちゃんが生きていたころ、大切に世話していた庭だ。芝生や花壇、菜園や使ってないブタ小屋をいま見ても、前はものすごくきれいだったのが想像できた。パパは庭仕事が好きじゃない。ってことはつまり、いまは何もかもほったらかしになっている。土は嫌いだ、とパパはいった。雑草も嫌いだ。植物は育てようとしても芽が出ないことが二回に一回はある、といって。パパにいわせれば、庭なんてみんな板ばりにしちまって花も木も鉢植えにすればいい、ってことになる。

だけどおばあちゃんは、庭をきちんとしておきたがった。それで、パパとしょっちゅうけんかになった。おじいちゃんの花の種をまかなくちゃとか、おじいちゃんの池が干上がるとか、おじいちゃんのハーブ園がほっぽらかしだとか、おじいちゃんの四角い生垣が刈りこまれてないとか、おじいちゃんのリンゴの木がしばらく枝をおろしてないから実をつけないとか。

こういうことすべて、パパの責任だった。パパがちゃんと世話をしないのがいけない。庭の手入れはおばあちゃんの仕事じゃなくて、パパの仕事だから。

だからある日、パパが〈チェラブ〉——小言から逃げるためにたまにお酒を飲みにいくパブだ——から帰ってきて、庭師を見つけたぞといったとき、みんなも大喜びするものだと思いこんでいた。その話をする前に、わざわざおばあちゃんを呼んできたくらいだ。どうやら、ジュディス・メイソンという名前のどこかの親切な未亡人が、おたくまで行って庭の手入れをしましょうかといってくれたらしい。タダで。

「どうだ、いい話だろう?」パパはいった。

「タダでなんて、ありえないわ」ママは、あやしんでるみたいにいった。「見返りを求めてくるはずよ」

「それって、オヤジのカノジョじゃねえの?」ダモがからかった。

みんな、笑った。ただし、知らない人に対してはいつも警戒心でいっぱいのママは、どう考えてもぜったいあやしい、といった。

「そのジュディス・メイソンという人、タダで庭の手入れをしてくれるといっているんでしょう? 親切心だけで? 親切心だけで何かをしてくれる人なんて、いまどきどこにもいないわよ。しかも、こっちのことを知らない人が? だいたい、どこのだれ? 名前をきいたこともないわ。どんな人かもわからないのに。こんなご時世だもの、気をつけるにこしたことないわ。知らない人がわたしの庭をうろつくなんて、とんでもない」

おばあちゃんは、パパに負けずに庭の手入れをしてほしがっていて、あの庭はママのじゃなくて自分のものだときっぱりいった。これをきいて、ママは怒って顔を真っ赤にしたし、あたしは二階に退散した。話がどういう方向に進むかなんて、予想がつく。そして、予想は当たった。まだ自分の部屋に入らないうちに、ママが声を張りあげるのがきこえて、そのあとパパとおばあちゃんのわめき声が続いた。あたしはドアを閉めて、問題集をとりだしてほかのことを考えようとがんばった。だけど、ムリ。屋根裏にいても、何が起きてるか、しっかりきこえてくる。

まず、ママがもう一度自分の主張をした。ぜったいにどこかあやしい、と。それからパパが、とんでもない、ジュディス・メイソンに会えたのは思いがけない幸運だといった。するとママが、ダモのいうみたいにカノジョなんじゃないの、といった。そのジュディス・メイソンという女はあなたを誘惑しようとしているのよ、と。で、みんなが笑った。

だけど、ママは本気だった。「目的は庭だけじゃないはずよ」ママが叫んでいるのがきこえてくる。「そうやって人をバカにして笑ってるけど、とんでもないわ。

こそこそよその女と仲よくしてわたしが気づかないとでも思ったら、大まちがいよ。ダモのいうとおりね。そのジュディス・メイソンとかいう女は、あなたをねらっているのよ。やっぱり、そういうことなんだわ」

あたしはそーっと部屋を出て、階段の上からリビングをのぞきこんだ。復習なんて、できるわけがない。ダモのうしろ姿と、室内ばきをはいたおばあちゃんの足が見える。ママが行ったり来たりしてる。パパは見えないけど、どこかの女が自分に気があるとか、自分がほかの女に気があるとか、ありえないといって笑いとばしているのがきこえる。

「ジュディス・メイソンは、未亡人だからフリーかもしれないが、デブの中年女だぞ。まったくタイプじゃない。女の子は、元気できれいなのがいい。それくらいわかっていると思っていたが……」

パパはママのほうに近づいて、ハグしようとした。だけどママは、きっぱりとパパを押しのけた。おばあちゃんは、もうたくさんといいながら、もどっていった。おばあちゃんが住んでいる側へ行くドアがバタンという。ダモも、オレももうたくさんだといって、パブに出かけていった。

「ほら、ごらんなさい」ママはいった。「あなたのせいで、みんな逃げていっちゃったじゃない。まずカリス、それからお母さん、今度はダモ。ぜんぶ、あなたの責任よ」

「ぼくの？」パパの声が、いやな感じに引っくりかえる。

そのあとどうなったかは、わからない。フランキーがＳＯＳのメールを送ってきたからだ。「親がけんか中。要返信。助けて！」あたしは、ちょうどいいタイミングとばかりに自分の部屋にもどると、ドアを閉めて、高い窓の下枠にのぼった。そこが、いちばん電波の入りがいいからだ。そして、うちの親もけんか中だと返信した。

「どんだけ騒がしいの、って感じだよ」あたしは書いた。

「たしかに」フランキーも書いてきた。

フランキーの両親のけんかの原因は、だれかがだれかを誘惑してるとかじゃなくて、病気はどっちの責任かだった。お父さんが何時間もネットで検索をして、フランキーの病気は遺伝的なものだという結論を出した。しかも、お母さんのほうの血統からくるものだと。あたりまえだけど、お母さんは激怒して、タバコの煙のせいだといいだした。妊娠中からずっと自分の意思に反して吸いこんできたのよ、あなたがヘビースモーカーなせいで、と。

するとお父さんは、おまえができあいのものばかり食べさせるのもいけないんだろうな、と反撃した。いつも大量に買いこんでくるじゃないか、あんな最新式のキッチンがあるというのに料理をめんどくさがって、と。

「有名な話じゃないか。あの手の食べ物には、保存料がたっぷりふくまれているから、癌の原因になる」お父さんはいった。

「携帯電話の電磁波が癌の原因になるのも、有名な話よね」お母さんはいった。「なのにどうして、フランキーに買ってあげたの？　しかも、限度なく料金を払っていたら、もっと使えっていっているようなものだわ」

そのころにはもう、わたしの存在なんか忘れさられていたわ。フランキーはそう書いてきた。ふたりにはさまれて病院のベッドに寝ているわたしは、ただの争いの種であって、手術を終えて回復している最中の生身の人間ではなくなっちゃったの。親たちにしてみたら、いきなり何もかもが発癌性物質になったの。髪のカラー剤から、ベッドルームの家具にふくまれる薬品まで。

「サイアクよ。こんなことになるなんて、信じられない。病院じゅうにきこえているはずだわ。恥ずかしいったらない。死んじゃいたい」

あたしも死んじゃいたい。あたしは返信した。病院の人にきかれるくらい、なんでもないよ。うちなんか、この通りに住んでる人全員に、天敵のブライオニーもふくめて、どなり合ってる声をきかれてるはずだもん。

「親なんてしょうもない！」あたしたちは、意見が一致した。

それから二日後、フランキーは退院した。あたしは、フランキーの帰還をこの目で見るためにブラッドリー城まで行った。門の外の大きいブナの木の下に立っていれば、フランキー以外の人には気づかれない。フランキーのお父さんの車が丘をのぼってきた。うしろの座席でクッションに囲まれているフランキーは、どこかのプリンセスみたいだ。門が開いて、フランキーはなかへ吸いこまれていった。門が閉じる前に、車がとまってお父さんとお母さんがフランキーを抱きかかえておろすのが見えた。まるで、獣医さんのところからもどってきた病気の犬みたいに。

なんだか、ショックだった。フランキーが、あんまり弱々しくなっていたから。ついこの前まで、泳いだりヨットに乗ったりキャッスルコーブをとんだりはねたりしてたのに。いまでは、両親に両側から支えられているところからすると、自分では一歩も歩けないらしい。

それから一時間後、あたしは屋敷の反対にある森のなかにこっそり入っていった。少しだけ高い位置にあるから、車が行ったり来たりして看護師さんやフランキーのお兄さんたちや学校の友だちや近所の人やお花の配達の人が来るのが見える。いろんな人がとぎれることなくやってきた。こんなにたくさんお客さんが来て、フランキー、だいじょうぶかな？　メールしてみたけど、あたりまえといえばあたりまえで、だいぶたってから、だいじょうぶという返事がきただけだった。

それからしばらく、フランキーから連絡はなかった。電話をかけるお金がなかったから、学校からメールを送りつづけた。でも、返事がない。そのうち、期末テストのことで頭がいっぱいになってきたし、しかもジュディス・メイソンがおばあちゃんの庭をめちゃくちゃイメージチェンジしはじめた。

ジュディスは、ある日の午後、道具をひとそろいもってやってきた。テストの初日を終えて帰ってくると、ジュディスがいた。ずんぐりむっくりのジュディスは、うす茶色の髪をスカーフでひとまとめにして、にこにこ笑っていた。グリーンの瞳がキラキラしていて、荒れほうだいのうちの庭とさんざん格闘したせいで、顔が真っ赤だった。

ジュディスは、あたしが通りに面したドアを閉めて踏み段をあがっていくと、手をふった。あたしは、気づかないフリをした。会ったこともない人に、友だちみたいな顔をされるすじあいはない。ふつうなら庭で勉強をしてもよかったけど、あたしは家のなかに入って玄関のドアを閉めて、ママの味方だってことを示した。

ジュディスは、まともにものが見えないほど暗くなるまで庭にいた。ママが仕事から帰ってきたときもまだ、庭で雑草を抜いたり下草を刈りこんだりしていた。ママは夕食をすすめたりしなかったし、パパもあえてだまっていた。おばあちゃんさえ、何もいわなかった。だけどその夜、ジュディスが帰るころには、庭は昔の姿をとりもどしていた。おじいちゃんの生きていたとき以来お目にかかれなかった、いろんな植物が姿をあらわしていた。

おばあちゃんは大喜びだったし、パパもそうだった。ジュディスはすばらしい。ふたりはそういい合った。たった一日で、パパがこれまでしてきた以上のことをしてくれた。

「またいらしてください」パパは、あたらしい親友にむかって声をかけた。「いつでもどうぞ。大歓迎です」

ジュディスは笑って、たぶんまた来ますといった。「すてきなお庭ですもの。宝物がたくさん隠れていますわ」

パパは、自分がほめられた以上にうれしそうな顔をした。「お礼をお支払いしたいくらいです」ドケチのパパとも思えない発言だ。

「とんでもないことです。好きでやっているだけですから。こんなすてきなお庭、ほかにはありません」

人生は末期的な病気

ある日の夜、フランキーが電話してきた。ものすごく、とうとつに。期末テストが終わったあとで、学校なんてどうでもよくなっていたころだ。夏休みが近づいてはきてるけど、すぐそこというほどじゃない。通学かばんのなかでケータイの着信音がして、あたしは真っ暗ななかで目をさまし、あわててとりだした。ぎりぎりセーフ。

「もっと早く出られないの?」フランキーがいった。

「そっちこそ、いままで何やってたの? ていうか、いちおういっとくと、こっちは寝てたんだけど」

「寝るなんて、ダメ人間のやることだわ。月が出てて、川を渡るには絶好の夜よ。こっちに来ない?」

「なんかあった?」あたしは、この前のことを思い出してたずねた。

「なんかなきゃ、いけない？」フランキーの声は明るくて弾んでたけど、それでも、どうしても引っかかるものを感じてしまう。

着がえたものの、気が進まない。この前、川を渡ってきてといわれたのは、癌だとわかったときだったっけ。あたしはそんなことを考えながら服を着て、こっそり家をぬけだすと、ボートが浮かんでいる暗がりにそっと入っていった。今度は何が起きたんだろう？

いやな予感がはずれてますようにと祈りつつ、あたしはまたボートを「借り」て、キングスウェアへ渡った。潮が高くて押しよせてくるから、とても楽勝というわけにはいかない。途中で、もうムリだから引きかえそうかと思ったくらいだ。だけど、何か悪いことが起きてるかもしれないという思いで、あたしはひたすら前へと進んだ。フランキーがあたしを呼んだのが、ただの軽い気持ちじゃなくて、とんでもなく深い理由が隠されてたら？　引きかえすなんて、ぜったいにできない。

とうとう、聖ペトロクス教会の鐘が水面を震わせて鳴りひびくころ、あたしはフランキーの家の門に着いた。そして鐘の音に耳をすませながら、門の外に立って、着いたよというメールを送った。フランキーがおりてきて、なかへ入れてくれた。すぐに、やっぱり来てよかったと確信した。フランキーの表情が暗い。ぜったい、何かある。

フランキーはだまったまま、あたしの前を歩いて、テラスからガラス扉を抜けて自分の部屋に入っていった。ドアを閉めて、暗がりでむかい合ってはじめて、フランキーは口を開いた。フランキーは、目を見ひらいていた。部屋じゅうから、お花のにおいがしてるし、あちこちにお見舞いカードがある。

「〝癌は判決《センテンス》じゃなくてただの単語《ワード》〟って、きいたことある？」

「えっ？　なんて？」

「あと、〝人生は末期的な病気〟っていうのは？」

「へっ？」

「この手の言葉に負けない経験をした人はだれかといえば、わたしだって気づいてた？　〝いつでも前向き〟に考えるって大切よね。知ってた？　あと、〝自分の人生は自分でコントロールする〟ってことも。あと、〝いつでも明るい面に目をむける〟とか。そうそう、あと、〝人生は涙の谷〟だけど、わたしたちは〝谷からはいあがらなければならない〟っていうのは？　ときにわたしたちは、〝つらい現実を直視して〟、〝いやなことをがまんしなければならない〟ともいうわね。わたしたちは、〝人生がわたしたちに与えるすべてを笑いとばさなければいけない〟んですって。というわけで、カリスに来てもらったの。いっしょに笑ってもらおうと思って」

ふいに、フランキーはパチンと明かりをつけて、クッションをもってあたしに飛びかかってきた。油断してるすきをついたのをおもしろがって、目をキラキラさせている。「笑ってよ。ね、笑って！」フランキーは、あたしがぶたれまいと両腕をあげると、叫んだ。まじめな口調はすっかり消えてなくなり、あたしをボカボカたたきながら、いままでいろんな人にいわれたセリフがおかしくて、のけぞって笑っている。

「もうっ、フランキー！」あたしは叫んだ。「何かあったのかと思っちゃったでしょ。ヒドい！　もうっ、大っ嫌い！　心配で死にそうだったんだからね」

フランキーは笑いながら、さらに力をこめてあたしをたたいてくる。「あのね。小さいかたまりは、とりのぞかれたの。なのに、しょうもないアドバイスを書いたカードがどんどん送られてくるし、電話もかかってきていろんなことをいわれるのよ。なんか、この部屋がお葬式の会場になっちゃったみたい。もどってきてからずっと、こんな感じなの。頭がおかしくなりそうだわ」

「それで、あたしの頭もおかしくしてやろうと思ったわけ？」

あたしは別のクッションをつかんで、フランキーをたたきかえした。よくもこんなに心配させてくれて！　ボンッ！　ボコッ！「もう死んじゃうのかと思ったんだからねっ」パコン！　ペシッ！

「でしょうね」フランキーはそういって、さらにボコボコあたしをぶってきた。

「どうやら、みんなそう思ってたみたい。おもしろいでしょ？」

たしかにおもしろい。だけどあたしは、フランキーをたたきつづけた。もう許してっていわれるまで。

「あー、また会えてうれしいっ！」フランキーは大声でいった。そのころにはふたりとも、まともに立っていられなくなっていた。部屋じゅうが、クッションのなかに入っていた羽根だらけになっていた。

「あたしも会えてうれしい！」

「このところ、ひどい目にあっていたの。手術も終わったし、わたしはすぐに学校にもどりたいの。お医者さまも、よくなったからかまわないっていってくれたのよ。なのに親たちが、行かせてくれないの。まだ回復しきってないっていうのよ。さんざん、前向きに考えろっていっといて、いざ実行に移そうとすると、か弱いお嬢さんは休んでなさい、とかいうの」

フランキーのどこが、か弱いお嬢さん？　あたしをまたしても、こんなひどい目にあわせといて。フランキーは、顔を見られただけでもよかった、といった。そして、今週末はきっとキャッスルコーブへ行って埋め合わせをするから、と約束した。

「だって、ご両親の許可がおりないんじゃない？」あたしはいった。

「でしょうね。だけど、行ってみせるわ。ま、見てらっしゃい」

つぎの日の放課後、あたしはキャッスルコーブへ行って、フランキーがもどってきたときのために準備をした。穴のなかにつくった小部屋は、やらなきゃいけないことがとくに多くて、高い潮に何度もおそわれて泥だらけだった。家具のなかには、押しながされてしまったものもあり、そのかわりに王の間には海草が山になっていた。

あたしは、いろんなものをまた使えるようにした。つなぎ目がゆるんでがたがたになっていた板をしっかり固定した。それから、潮が運んできたごみをきれいに掃除して、すみからすみまで飾りつけを直した。フランキーがもどってくるときには、カンペキな状態にしておきたい。

だけど、つぎにフランキーに会ったのは、あたしが期待してたのとはちがって、キャッスルコーブではなかった。

フランキーは電話してきて、やっぱり都合がつかなかったから、かわりに〈アルフレスコ〉でちょっとお茶でもしない？　といってきた。店に着くと、支払いをすませたあたしのぶんのミルクシェークがテーブルにのっていた。フランキーは、この前の夜とはまったく雰囲気がちがっていた。きょうは、笑いたい気分じゃなさそうだ。むしろ、ムスッとして、うわの空みたいに見える。

これじゃ、なんだかあたし、友だちのカリス・ワッツじゃなくて、ただの壁みたい。あたしがイスにすわるとすぐ、フランキーはまくしたてはじめた。いいたいことがあって、急いでいわなきゃいけないみたいに。知ってる？　うちの両親ったら、わたしに隠れてこそこそ王立サウスハム病院に行って、主治医たちに会ってたのよ。わたしの話をしにいったのに、わたしを連れていこうとは思いつきもしなかったみたい。

あたしは、ずいぶんヘンなことするんだね、といった。するとフランキーは、あの人たちが家にもどってきたときのようすのほうがそれよりもっとヘンだったわ、といった。

「ママは、めちゃくちゃ怒ってたの」フランキーはいった。「なのに、理由をいおうとしないのよ。パパなんか、アメリカに引っ越すとかいいだしたのよ。アメリカに行けば医者たちがちゃんと専門知識をもっている、とかなんとかいって。なんの知識か知らないけど。ママは、こんなときに引っ越しなんて何があってもさせないわよ、っていってたわ。こんなときってどんなとき？　ってきいたのに、きいちゃいないのよ。ふたりとも、わたしの話なんかきいてないの。どなり合うのに夢中でね。

ママは、本で読んだ〝補完医療〟についていろいろしゃべってたわ。鍼《はり》とかクリスタルセラピーとかアロマセラピーとか、その手のものよ。だけどパパはママのことを、バカじゃないかっていうの。しまいには、おまえなんかと結婚するんじゃなかったなんていいだしたのよ。人生の失敗だった、とかいって。そのあとはもう、手がつけられなかったわ。ふたりとも、自分のことしか考えてないって相手を責めて。だけど、あのふたりが考えてないのって、わたしのことだわ。

わたしはずっと、どうしたのかってきいてたのに、ふたりとも答えてくれないの。わたしなんか、いないみたいだったわ。パパは、自分の娘が頭のおかしいクリスタルセラピストなんかに寄ってたかってさわられるなんてとんでもない、っていってた。ママは、パパみたいな心のせまい人間は会ったことがないっていったたわ。で、パパがめちゃくちゃキレて、いったの。はっきりいっておくが、娘がきちんとした治療を受けるじゃまをするつもりなら、おまえとは離婚して親権はこちらがもらう、って」

「きちんとした治療って？」心のなかにヒヤリとする風が吹きこんできた。フランキー、よくなったんじゃなかったの？

フランキーは、イラッとした顔であたしを見つめた。まったくわかっちゃいないんだから、みたいに。「治療のことなんか、どうだっていいわ」フランキーは、いいかげんにしてというふうに手をふった。「きいてなかったの？　わたし、両親が離婚するかもしれないって話をしてるのよ！　ねえ、そんなおそろしい話ってある？　あのふたり、どうしちゃったのかしら。すごく仲よしだったのに。人生で大切なことって、そこじゃない？　それ以上、望むことなんかないはずでしょう？」

そのころには、〈アルフレスコ〉の店内にいた全員が耳をすませていた。観光客むけの入り口近くのテーブルから、地元の人が好んですわる、ブドウのつるの下にある奥まったテーブルまで。フランキーは視線に気づいて、真っ赤になった。それからうつむいて、ミルクシェークをずずずっとストローで吸った。あたしは待ちきれなくて、身を乗りだして、また、治療ってなんのことかたずねた。

「もうよくなったんだと思ってた。なのに、どういうこと？　意味わかんない」

たぶん、フランキーにもわかってなかったんだろう。わざわざ説明しようとはしなかった。フランキーが話したかったのは、両親のことだった。化学療法だの放射線療法だの、主治医たちがすすめてくる治療だのは、どうでもよかった。

あたしたちはミルクシェークを飲みおえると、店の外に出た。〈アルフレスコ〉からだと、フェリー乗り場までは歩いてすぐだ。フランキーは、そこでママが待ってるの、といった。さっさと行こうとするフランキーを、あたしは引きもどした。

「もしかして、まさか、まだ……癌があるの？」

だけど、フランキーは何もいわなかった。「ママが待ってるの。いそいで行かなくちゃ。またこんど話しましょう。じゃ」

友情のこと

フランキーは家に帰り、あたしはすばらしくきれいにしておいたキャッスルコーブに行って、考えごとをした。いろんなことが心に浮かんできた。

いまこうしてこのノートを書いている場所も、キャッスルコーブだ。いままでずっと、ここで書いてきた。隠れ家にしていたこの木の下で、あたしたちのヒミツの入江だった波打ち際で子どもたちがパシャパシャ歩くのをながめながら、友情のこととか、友情がどんなに大切かについて考えてきた。

あの日はたしか、夕食の時間なのでしぶしぶ家にもどりながら考えていた。フランキーに何かあったら、あたしは友だちがいなくてひとりぼっちになっちゃうな。それがどんなに切ないかを見せつけようとしてるみたいに、クラレンス・ストリートに入ったとたん、近所のブライオニーにばったり会った。ブライオニーは、あたしに気づくとかけよってきた。いつもなら、あたしなんかからかう価値もないみたいな態度なのに、その日は何やらききだしたいことがあるのがミエミエだった。

「フランキー・ブラッドリーのうわさ、きいたんだけど？」ブライオニーはいった。ほんとうは、うまく避けてさっさと家に入ろうと思ってたのに。

「なんの話かわかんない」あたしは答えた。

ブライオニーは、あきれたというふうに目玉をぐるんとした。「バカいわないで。あんた、友だちなんでしょ。知ってるんだからね。うちのお母さんが、あんたたちが〈アルフレスコ〉にいるのを見たんだから」

あたしは、だれかと見まちがえたんじゃないの、といった。フランキー・ブラッドリーみたいな女の子があたしと友だちになるわけないじゃん、って。

ブライオニーは、たしかにといった。「あたしもお母さんにそういったの。あんたのこと、ほかの人とまちがえたんじゃないのって。まともな人間だったら、あんたなんかと友だちになるわけないもんね。だけどね、うそだったら、つかないほうが身のためだよ。あたしにうそなんかついたら、どんなことになるかわかってるんでしょうね」

ブライオニーは、おどしをかけるように、こちらに一歩近づいてきた。身をもってわからせてやる、とでもいうふうに。だけど、ちょうどママが家から出てきた。あたしたちの声をききつけて、あたしが助けを求めてると感じたみたいに。

「どうかしたの？」ママは、鋼鉄の視線でブライオニーをにらみつけた。

ブライオニーは、とっとと逃げていった。ママのことが好きじゃないからだ。

「もっと仲よくできないものかしらね」ママは、ブライオニーのうしろ姿にむかっていった。そして両手を腰に当てて、自分の言葉をかみしめるみたいにしばらく立っていた。

変化の風

そろそろ、ママのことを書いておこうと思う。どこにでもいるいいお母さんだけど、ママのことをつきあいやすくて楽しいという人はだれもいないだろう。人見知りがはげしいから、たまにぶっきらぼうに見える。友だちがなかなかできないタイプで、思ったことをすぐに口に出すから、空気が読めないと思われることもある。だけど、ほんとうはやさしくて、まったく悪気はない。しかも、人にあまり気づかれないような才能もある。

たとえば、歌だ。パパはよく、その気になれば歌手にだってなれたといっている。それくらい、ママの歌声はすばらしい。ポップソングは嫌いで、好きなのは、オペラ。だれもきいてないと思ってよくお風呂で歌ってる。どこでも歌ってる。なのにあたしたちは、ママが聖歌隊に入るとはまったく思ってなかった。ところが、ママは予想を裏切って聖歌隊に入った。

大きな街の教会に集まって練習している聖歌隊で、ママはソリストのひとりにまでなった。はじめてママの歌をききにいったときのことは、よく覚えてる。パパとダモもいっしょで、あたしたちはショック死しそうになった。聖歌隊は、みんな同じ黒と白のユニフォームを着てた。それでも、ママは目立ってた。ママが歌ったのはほとんどクラシックだった。モーツァルトとかヘンデルとか、そういう曲。一曲だけ、どう見ても初心者むけに作曲されてないむずかしい現代の曲があって、それもママはカンペキに歌いあげた。そして、『ダートマス・ヘラルドエクスプレス』紙に名指しで記事がのった。

そのあとしばらく、ママはダートマスではちょっとしたスターだった。聖歌隊が大人気になって、それがぜんぶ、ママのおかげだった。みんな、道ばたでママに会うと呼びとめて、聖歌隊に入ってくれてありがとうといった。ママは赤くなってすぐに立ちさったけど、うれしがってるのはミエミエだった。

ところがある日、指揮者のおじいさんがやめて、若い人にかわった。その若い指揮者は、つまらない白黒のユニフォームを廃止してあたらしくして、音楽にも同じことをしようとした。昔の歌はもう古くさいし、現代的な歌が流行っている。同じように、いまはもう、オペラではなくポップソングの時代だ。

聖歌隊ももうおしまい、というのがママの感想だった。そして、ママの歌手生活も終わった。聖歌隊のほとんどの人たちは、あたらしい音楽になじんでいったけれど、やめる人も数人いた。そのうちのひとりがママだ。

それ以来、ママは家から出なくなって、ムスッとした顔をしていた。聖歌隊はあたらしい人を募集して、若くて明るい指揮者は、ダートマスのうわさの的となった。変化の風が吹いていた。時代が変わったという人もいたけど、ママはちがっていた。

町にはあたらしい人たちがたくさん住みはじめていて、ママはそれも気にいらなかった。あっというまにあたらしい人だらけになったような感じだった。例のジュディス・メイソンもそうだ。聖歌隊のことをもっともらしく語る。人の家の庭の手入れをする。わがもの顔でふるまう。

おもしろいことに、ママに賛成意見だったのが、フランキーのお母さんのミセス・ブラッドリーだった。パパとダモとあたしが行ったコンサートのあとすぐ、ミセス・ブラッドリーも聖歌隊に加わった。そしてのちに、指揮者がかわったときにやめたうちのひとりだった。〝ハレルヤコーラス〟をやめてカイリー・ミノーグの〝ラッキー・ラブ〟を歌うなんてとんでもない、と腹を立てて。

てっきりミセス・ブラッドリーはカイリー・ミノーグとかのほうが好きかと思っていたら、ちがったらしい。そのときは知らなかったし、知ったのはずっとあとだったけど。もしフランキーがお母さんと聖歌隊のことを知っていたとしても、ぜったい口には出さなかっただろう。でもあのころは、フランキーはほかのことで頭がいっぱいだった。両親が離婚するかもしれないとか、お父さんが外国で治療を受けさせようとしてるとか。

そのうちどちらも現実にはならなかったけど、ダートマスのうわさはもう止まらなかった。フランキーが癌なのは、だれもが知っていた。手術したけど完治しなかったのも、世界じゅうが知っていた。いまはあらゆる種類の治療法が本にのっているから、とあちこちでいわれていた。化学療法だけではなく、あたらしい特効薬も、レーザーも、ファイバースコープを使った手術も、なんでもありだ、って。

ダモもある日、ボートの仕事からもどってきていった。フランキーの治療代があんまり高いからブラッドリー城を売らなきゃいけなくなったんだって？　あたしはさっそくフランキーに報告して、ふたりで大いに笑った。フランキーは治療のためにケープタウンに行くんだって？　とダモがいってたときも、あたしたちは大笑いした。

じっさいは、フランキーの両親はさんざんけんかしたあげく、ダートマスにある王立サウスハム病院で化学療法をするのがいちばんいいということになった。お母さんが地元にいる癌のエキスパートと知り合いになって、王立サウスハム病院のハーバート先生がこの分野において世界的に有名な専門医だと教えてもらったそうだ。両親はハーバート先生に会いにいった。そしてお父さんも納得した。そしてフランキーはなんと、ハーバート先生に恋をした。

ユースタスっていうのよ。ステキな名前でしょう？　いままで好きになったどんな人より、百万倍ハンサムなの。愛に目がくらんだフランキーはいった。過去の人のなかにはオーランド・ブルームも入ってて、すっかり終わった人になっていた。
ほかの人に治療してもらうためにわざわざ地球の反対側に行くなんて気が知れない
わ、とフランキーはいった。ハーバート先生がいてくれれば安心だもの。むしろ、
治療してもらうのが待ち遠しいくらいよ。

明るいほうを見つめて

化学療法を始める前日、フランキーとあたしはこっそりキャッスルコーブに行った。いっしょにいられる時間は短いから、有効に使わなきゃいけない。おなかがすいたかどうかはひとまず考えないことにして、〝ポンティポンティ〟をこの日は優先させることにした。隠れ家にすわって、きらめく海をながめながら、一瞬一瞬が大切に思えた。あのとき、フランキーの髪が風に吹かれて顔にかかって、くしゃくしゃのシルクの布みたいに見えたのを覚えている。そしてその一時間後、フランキーは美容院にいた。そしてその髪はぜんぶ、床の上にあった。

髪を切って頭をそるのは、ハーバート先生がすすめたことだった。化学療法の副作用で動揺しないためだ。お母さんは反対したけど、先生はそのほうが自分の意思でやっていると感じられるはずだといって、フランキーも同意した。

そんな決心をする勇気がある人がいるなんて、あたしには信じられない。頭をそったあと、フランキーは写真をメールしてきた。つぎに会ったときにわからないといけないから、といって。だけどあたしは、どちらにしてもフランキーがどんなふうになったのか、知っていた。美容院から出てくるのを、通りのむこうで見てたからだ。あたしはフランキーがお母さんといっしょに美容院に入っていくのも、髪をそってピンク色のつるつる頭で出てくるのも見てた。

「ねえ、どう思う?」フランキーはメールしてきた。

あたしは、すごく斬新だって返信した。化学療法を受ける患者っていうよりスーパーモデルみたい、って。みんなもっと、髪をそるべきかもね、って。フランキーは、あしたの夜に最初の治療が終わったら電話するわねと約束した。つぎの日の朝、あたしがフランキーの家の外でこっそり見送りをするという約束もした。

あたしは朝早く、いつものブナの木のかげで、フランキーの家の門をじっと見つめていた。門はすでに開いていた。フランキーが出てくるのに、少し時間がかかった。まず、お母さんが出てきて車のなかにクッションやら雑誌やらを積んだ。そのあとお兄さんのジョージとディガーズが出てきて、まるで妹のマネージャーみたい

に腕時計をチェックした。
そのあとやっと、フランキーがお父さんの腕に支えられて出てきた。きのうは元気だったのに、あんなふうに抱きかかえられてると、ひとりでは歩けないみたいに見えてしまう。全員が集まってきて、フランキーが車に乗るのを手伝った。お母さんがフランキーのとなりに、もう片方のとなりにディガーズがすわって、お父さんとジョージが前の席にすわった。車が私

道から出ると、門が閉まった。車は丘をおりていった。一瞬、フランキーはあたしに気づいてないのかと思った。

だけど、いまにも見えなくなるというとき、フランキーはふりかえってうしろの窓から外を見た。あたしがどこにいるか、知っていたからだ。目は合わなかったけど、いるのはわかるはずだと思って、あたしは〝グッドラック〟というふうに手をあげた。そして、フランキーは行ってしまった。

その日の夜、フランキーは家にもどってくると、約束どおり電話してきた。だけど、あまり話すことがなかった。「化学療法なんてあんまり楽しいものではなかったわ。だけど少なくとも初日はクリアしたし、確実に治療の終わりに近づいているってことよね」

つぎの治療のあとも、フランキーは電話してきた。やっぱり、たいして話すことがなくて、つかれたとか気持ちが悪いとかいっていた。

そのあと、あたしたちは長いこと話をしなかった。フランキーは何度かメールしてきたけど、そのうちメールもこなくなった。こちらから電話をするといつも、フランキーのケータイの電源は入ってなかった。あたしはメールしつづけて、「いつも考えてるよ」的なちょっとしたメッセージを送った。だけど返事はまったくこなかった。フランキーはまるで、塔にいるプリンセスみたいだった。はね橋をあげてしまって外の世界との交流をすっかり閉ざしてしまったプリンセス。

フランキーがどうしてそんなことをしたのか、あたしはいまもわからない。あたしが知ってる化学療法を受けた人は、ふつうに生活して、友だちと会ったり、学校へ行ったりもしている。もしかしたら、フランキーを外の世界から隔離したのは両親だったのかもしれない。わからない。あたしは何度か家まで行って、門のところにある郵便受けに手紙を投げこんだ。返事はこなかったけど、あたしはメッセージを送りつづけた。夏休みの旅行に出かける直前までずっと。

そのころ、ダートマスの通りは見たことのない観光客であふれかえり、川にはボートがたくさん浮かんでいた。それでも、あたしの頭からはフランキーのことが離れなかった。ある日、波止場に行くと、すごく大きい船が通りかかった。スピーカーから音楽が流れ、子どもたちがたくさん、帆柱のまわりに集まっていた。なかには車イスに乗っている子もいて、あたしはビックリした。波止場にいた人がみんな手をふると、むこうもうれしそうにはしゃいでふりかえしてきた。この先、海の上で何が待っているかはわからないけれど、期待に満ちていた。夏じゅう、楽しい冒険の旅をするのだ。人生はすばらしい。

あたしは、船が川をくだって見えなくなるのを見守っていた。音楽もきこえなくなった。流れていたのは、『明るいほうを見つめて』だ。なんだか、フランキーのことを思い出した。希望に満ちていたフランキーのことを。だけどいま、この曲をきくと目に浮かぶのは、お父さんの車に乗って去っていくフランキーの姿だ。あのときあたしは、フランキーにむかって手をふりつづけた。フランキーには手をふりかえすことはできないと知りながら。

癌のエキスパート

家に帰ると、ママが屋根裏にいて、テントやら寝袋やらを引っぱりだしていた。つぎの日、ママとパパとあたしでスコットランドにキャンプ旅行に出発するからだ。いつもならママは、半月もこのきゅうくつなせまい家から離れられるとなったら舞いあがり気味ではしゃいでるのに、今回はちがった。仕事を始めたダモをおいていかなきゃいけない。ママがおとなしいのは、ダモにどんなに好き勝手されるかと、もどってきたときに家がどれほどヒサンな状態になってるかが心配だからだとあたしは思っていた。

あたしたちは、ほとんど口もきかずに車に荷物を積みこんだ。あたしは何度かママに、ダモだって自分のことくらい自分でできるよとか、どんちゃん騒ぎのパーティなんかしないようにおばあちゃんが見張っててくれるよとかいって安心させようとした。ところが、そのうちママは、心配してるのはダモのことじゃないといいだした。最近働きはじめた病院で知り合った友だちのことが心配だという。

ママの口から友だちと呼べる人の話題なんかめったに出ないので、あたしはあのときたしか、ビックリした。ただビックリとはいっても、いろいろ質問するほどではなかったし、ママのほうもそれ以上話をする余裕はなかった。あたしたちにしたくをさせるので忙しかったからだ。

つぎの日の朝早く、あたしたちは出発した。パパは、シュロップシャー州にいるいとこに、うちの車をおいていくかわりにキャンピングカーを貸してもらう約束をしていた。あたしたちはそのいとこの家まで車で行き、ひと晩泊まっておしゃべりしたあと、つぎの日に出発した。そこからスコットランド西部のローモンド湖に行って、最初の二、三日は予約してあるキャンプ場に泊まり、つぎは北部の高地ハイランズに移動する。

天気がよくて、これからますますよくなるという予報が出てた。ほとんど車がいない道を走るのはサイコーだった。ローモンド湖はうつくしくて、キャンプ場に着くと、ダートマスがすごく遠く感じられた。

そんな気分も、ママが買ったばかりのケータイをとりだして、病院の友だちに電話をかけるまでのことだった。ママはいつも、ケータイなんか嫌いだといってだれにも電話をしないので、あたしはぎょっとした。たぶんパパもだと思う。

「調子はどう？　……心配しているのよ……話したかったらいつでも電話をちょうだいね……わかってくれるでしょう？　……悪いと思っているのよ」

そのあとも毎日、おんなじ調子だった。ママは毎朝メールをして、毎晩電話をかけた。相手がだれかも、理由もいわなかったし、あたしは、わざわざ旅行先にまで心配ごとをもちこむなんてバカみたいだと思っていた。旅行なんて、そういうめんどうなことをおいてくるためのものなのに。

つまり、あたしはフランキーに対してそんなふうに感じていた。いまは認めたくないけど。そんな自分をとても恥じているから。だけど、旅行に出かけたばかりのころは、フランキーから離れられて、とてつもなくほっとしていた。フランキーのことがそんなに気がかりとは、自分でも気づいてなかった。ところが、ちょっとダートマスの外に出ただけで、自由になったような気分だった。一日じゅう癌のことを考えなくてすむのはすばらしい気分だった。フランキーのことを忘れてほかのことを考えていられるのは、爽快だった。

そしてある日の晩、そんな気分がガラッと変わった。あたしたちは、島から島へと移動するつもりで西にむかっていた。もうおそい時間で、どれくらいかかるか計算してなかったので、キャンプ場に着くのがやっとだった。まだ食事もしてない。外は暗くなってたし、キャンプの準備もしてなかったのに、ママはまた電話をしはじめた。

「調子はどう？」ママの声をききながら、あたしは何を食べればいいんだろうと食糧袋をあさりはじめた。「どうしているの？　それに、フランキーは？　具合はどう？」

フランキー?!

ママが電話を切ると、あたしは質問を浴びせた。そのときになってやっと、ママが聖歌隊時代にフランキーのお母さんと知り合いになっていたのを知った。信じられないけど、ママがずっと電話をしてた友だちというのは、フランキーのお母さん、ミセス・ブラッドリーだった。少し前、ふたりは病院でばったり会った。ミセス・ブラッドリーが、娘を治療する最善の方法をさがして病院に来ていたときだ。そしてママが病院を案内して、友情が芽生え、どんどん育っていった。

「ミセス・ブラッドリーは、王立サウスハム病院をとても気に入ってねぇ」ママはいった。「まあ、もっともなことだけど。設備を見ればわかるもの。明らかに世界レベルだから。それにユースタス・ハーバート先生も、世界レベルだし。アメリカで治療を受けるのがいちばんだという人がいようが、関係ないわ。フランキー・ブラッドリーは、ハーバート先生に治療してもらうのが何よりよ。少なくとも、わたしがそう話したら、ミセス・ブラッドリーも納得してくれたのよ」

ひやっとする風が体を吹きぬけた。

「ミセス・ブラッドリーは、ママがただの事務だってこと、知ってるの？」あたしはきいた。そういえばフランキーが、地元の癌のエキスパートがどうのこうのって話してたっけ。

「もちろんよ。知っているわ。そのはずよ。たぶん。だけどそれが、どういう関係なんだっていうの？　まったく、カリスったら、おかしな質問をすること。知らなかったらなんだっていうの？　事実は事実で、何も変わらないじゃない？」

あたしは返事をしなかった。だけどそれからというもの、ミセス・ブラッドリーというところの癌のエキスパートがママだったと知ってしまったので、万一フランキーの治療がうまくいかなかったらママの責任だと思えてきた。ああ、どうしよう。すごい罪悪感。あたしがバカだった。ずっと前に気づくべきだったのに。

それ以来、あたしはフランキーへの電話を再開した。留守電に入れ、メールもした。ママがミセス・ブラッドリーに連絡をとるたび、罪悪感が押しよせてきて、また電話をかけた。フランキーは一度も電話に出なかったけれど、留守電やメールはどんどん長くなっていった。スコットランドはきれいだとか、こんどはぜったいいっしょに来ようねとか。あたしにはそれしかできなかったから。

だけど、書けば書くほど、どんどん文章は長くなっていき、どんどん書きたい気持ちがなくなっていって、内容がますます退屈になっていった。冗談を折りまぜて楽しくしようと努力してみたけど、しょうもないことしか書けなかった。

とうとうフランキーから返信がきて、あたしはほっとした。フランキーはイラッとした感じでいってきた。スイッチ入れっぱなしの音声ツアーガイドみたいでうざったいから、もうやめてくれないかしら。化学療法はサイアクだし、そのわざとらしい明るさはなんの救いにもならないわ。だいたい、本気で心配してくれてるなら、連絡なんかしてくれないほうがいいから。だまっていてくれるのが、いちばん助かるの。あなたからの電話もメールも、もううんざり。

あたしは深く傷ついたし、同時に自分が恥ずかしくなった。自分でまいた種だとわかっていたから。それからというもの、あたしは落ちこんだまま、なんとかしたいのに方法がわからずにいた。こんなにしょうもない友だちだったことをフランキーに埋め合わせする方法が、何かしらあるはずだ。

そして、旅行が終わろうというときになってやっと、あたしは思いついた。その日は移動するには暑すぎたけれど、どうしようもなかった。シュロップシャーで車をふたたび交換してから、あたしたちは高速道路を乗りついでどんどん走り、そのうちセヴァーン川にセヴァーンブリッジがかかっている景色が開けて、ふいに頭上の空が熱気球でいっぱいになった。

何かの集会かなんかだったのだろう。あらゆる形や大きさの気球が空に浮かび、見えない風で運ばれていた。魔法みたいに不思議で自由に見えて、ふいに、あたしは思いついた。

気球がセヴァーン川の河口を渡って流れていくのを見つめながら、以前フランキーがいっていたことがよみがえってきた。たしか手術の直前だった。フランキーは、空を飛べるようにしてほしいといってきた。そしてあたしは、考えてみるといったきり、何もしなかった。フランキーもそれきり何もいってこなかったし、あたしもすっかり忘れていた。むしろラッキーだと思ってた。そんなたいそうな願いをかなえるには、どこから始めたらいいのかさえわからなかったから。

だけど、あたしは思いついた。そうだ、気球だ。それなら、フランキーのためにやってあげられるはず。そういうチームかなんかがあるだろうから、そこに電話して、フランキーが前から望んでいたように飛ばせてあげればいい。フランキーの願いを現実にすればいい。フランキーをビックリさせよう。それこそ、あたしがすべきことだ。あたしの力でなんとかしよう。

ジョニー・デップ

家に帰ると、庭でダモとおばあちゃんとジュディス・メイソンが、夏のすばらしい午後を思うぞんぶん楽しんでいた。運びだしたテーブルにはきれいなテーブルクロスがかかって、レーズンのスコーンとジャムがのっていた。おばあちゃんはいつもマグカップにティーバッグ派なのに、陶器のポットにお茶が用意されてたし、角砂糖まで小さいボウルに入って、おばあちゃんのとっておきのシルバーのトングが添えてあった。

ママは、車からおろした寝袋やらなんやらをかかえて階段をやっとのことでのぼったとたん、明らかにイラッとした顔をした。「いったい何ごと?」なんてことないフリをしていったけど、とてもなんてことないようにはきこえない。

ジュディス・メイソンは、ママのいいたいことはいやでもわかるというふうに、ぱっと立ちあがった。無事におもどりになってよかったです、もうこんな時間だからほんとうに帰らなければ、といって。

パパは引きとめようとしたけど、ジュディスはそのまま帰ろうとした。おばあちゃんが旅行中の話をききたいだろうから、といって。「ずっとさみしがっていらしたんですよ」ジュディスはそういった。

「どうやらそのようね」ママはいった。

みんな、しらじらしく笑った。ジュディス・メイソンだけは、あわてて帰っていった。パパは、バツが悪そうだった。おばあちゃんは、ムッとした顔をしていた。最高の帰宅とはとてもいえない。それから家のなかに入ると、あんまりきれいに片づいていたので、ママはビックリぎょうてんした。どうせダモがしっちゃかめっちゃかにしてるだろうと覚悟してたのに、ちりひとつなくきちんとしていて、オーブンのなかにはダモがひとりで準備したはずのないキャセロール料理まであった。

ママはかんかんになって、説明を求めた。だけど説明をきくまでもなく、ジュディス・メイソンが家のなかに入ったことくらいわかっていた。

「手伝ってくれただけだよ」ダモはいった。「ビックリさせて喜ばせてやろうと思ってさ」

ママはダモを、どうかしてるんじゃないのって顔で見た。そしてダモは、その場では最良の策をとった。つまり、外に出ていった。ダモが出かけてしまうと、パパが丸くおさめようとしはじめた。でも、ムリだ。ママは、すっかりキレていた。自分の家を勝手に引っかきまわされたような気分だといって、キャセロールを捨てて、あたしたちに食べさせようとしなかった。あの女、何を考えてるの？　ありえない。ありえないわ。他人の家に勝手に入りこむなんて。

かわいそうなママ……やっとおさまったのは、ジュディス・メイソンが片づけた家じゅうにキャンプ用品を片っぱしからぶちまけてごちゃごちゃにしたときだった。「このほうがずっといいわ」ママはいって、ついでに汚れた服と、泥だらけのブーツも追加した。

だけどまだ、自分の家に帰ってきたという実感がわかなかった。つぎの朝、ママとふたりで旅行中の洗たく物を干しに庭に出たときも、やっぱりうちの庭とは思えなかった。あたしたちが家をあけていた二週間で、うちの庭がほかの人の庭となって花開いていた。ここ何年も見たことなかったあらゆる種類の花――バラ、ルピナス、ケシ、ラベンダー――が、咲いていた。菜園まで、元気をとりもどして生き生きしていた。

おじいちゃんが亡くなってから、こんな菜園は見たことなかった。それがいまでは、レタスが葉をつけ、キュウリもトマトもインゲン豆もキャベツもビートもトウモロコシも成長していた。ママはこの光景を見て、ぎょっとしてだまりこんでしまった。あたしだって、同じだった。

あとになって、ママはためこんでいたものを吐きだしはじめた。ジュディス・メイソンが何かたくらんでいるのはミエミエよ。ママはその日の夜、パパがカゴに山盛りのレタスと両手いっぱいにつかんだインゲン豆と、ママのためにといって大きなバラの花束をもって家に入ってくると、きっぱりそういった。

「また始まったか」パパはドアのところに立って、うんざりした顔でいった。「何かたくらんでいる？　何かってなんのことだ？」

けんかにはならなかったけど、その夜はずっと、ふたりともしらじらしくだまっておたがいを避けながら、たまにいやみをいった。まったく残念だ、母さんはせっかくの親切を素直に受けとれないんだからなあ、とパパはいった。残念はこっちのセリフだわ、パパみたいなしっかりした立派な人が安っぽいインゲン豆なんかでころりとだまされてしまうなんて、とママはいいかえした。

そのときは、ママのいってることはおかしいと思っていた。だけど何週間かして、ママのいってる意味がわかってきた。パパがジュディス・メイソンのことが気になってしょうがないのはミエミエだった。ママがいやがるのを知ってて、しょっちゅうジュディスの話をする。ジュディスが鍬《くわ》と手押し車といっしょにあらわれると、いつも猛スピードで外に出て、庭仕事なんか嫌いなくせに手伝いを申し出た。

家のなかに、険悪な空気が流れていた。あたしは、なんてことをしてくれたんだと思い、ジュディスのことをひどく恨むようになっていた。パパが犬がまとわりつくみたいにジュディスにくっついて歩くのもいやだったし、ジュディスが昔からの友だちみたいになれなれしくあいさつしてくるのも気持ち悪かった。パパがほしいなら勝手にどうぞ。だけど、家族までとりこめると思ったら大まちがい。あたしたちは、だまされない。

「あの女のずる賢いことときたら」ママはある日、とうとつにいった。「庭仕事が好きなフリをした腹黒い毒ヘビよ。ずんぐりむっくりで髪ももじゃもじゃだけど、しっかり見張っていないと何をしでかすかわからないわ！」

ちょうどそのとき、その場にダモがいて、ママの話を笑いとばした。「ジュディス・メイソンがオヤジみたいなくたびれたおっさんに興味をもつなんてありえねぇよ。わざわざオヤジなんかに手を出すわけないだろうが。家に帰れば若い男が待ってるってのにさ」

「若い男？　何、それ？」ママとあたしは、同時にいった。

「えっ？　知らねえの？　ジュディス・メイソンは、歳が自分の半分くらいの男と暮らしてるんだぜ。ジョニーなんとかっていったかな。えっと、なんだったたっけ？あっ、そうそう、ジョニー・デップだ」

あたしは真っ赤になった。ダモは、してやったりみたいに笑った。ママがあたしをかばって、妹をからかうもんじゃないといった。

「それ、ジョン・ベップのことでしょう?」ママはいった。「あたらしく来た若い指揮者だわ。わたしが歌えなくなった原因をつくった張本人。で、そいつがジュディス・メイソンと暮らしてるっていうのね。ふーん、たしかにありえる話だわ」

ゴージャス・ジョージ

ジュディス・メイソンとジョン・ベップの話をきいたつぎの日、フランキーから留守電が入ってた。おどおどした声で、スコットランドにいたときにキレたメールを送っちゃってごめんねと謝ってきた。まだ友だちでいてくれる？　と。

あたしは連絡がきたことにすごくほっとして、すぐに返事をした。学校が始まってて、フランス語の授業の途中だったけど。こっちこそしょうもないメールをたてつづけに送っちゃってごめん、まだ友だちに決まってるよ！　と。

そのあと、フランキーにムリな圧力をかけられるまでもなく、あたしはまたしてもボートを「借り」ていくことになった。「会いたいの」フランキーはいってきた。「ずっとさみしかったわ。でも、ひとりでは外に出られないし。だから、家まで来てくれない？　今夜にでも。起きて待ってるから」

この前、夜中にブラッドリー城に行ったときは、波が高くて流れが急だったので、渡れただけでもラッキーだった。ところが今回は、貯水池みたいにおだやかで、ボートが見つからなかったら泳いで渡れそうないきおいだった。

楽勝でキングスウェアまで渡ると、あたしは丘をのぼりはじめた。久しぶりにフランキーに会うので、ドキドキする。フランキーはどんな調子だろう。化学療法はうまくいったのかな。ところが、屋敷に着いたときに真っ先に目についたのは、フランキーの目の下のくまでも、やせほそった体でもなかった。

髪の毛だ。

この前会ったとき、フランキーはつるつる頭だった。なのにいまは、すごく自然な感じに髪がふさふさしてる。そんなバカなことがあるはずないのに、また生えてきたのかと思った。髪が生えてきたということは、体もよくなってる証拠だろう。

あたしたちは庭のまわりをぐるっと歩き、テラスをのぼりおりして、テニスコートを横切り、家のなかに入った。九月半ばなのに、その夜は七月みたいにあったかかった。あのときあたしは、ものすごく幸せな気分だったのを覚えている。ふいに、また未来が開けたような気がしてきた。フランキーに未来が開けたというだけの理由で。これまでずっと、化学療法が癌細胞だけじゃなく、フランキーの残りの部分までやっつけちゃったんじゃないかと心配していた。だけどフランキーはこうしてここにいる。昔のまんま、冗談をいってふざけてる。過去も消えてないし、未来を見つめてる。

　ところがフランキーのベッドルームに行ったとたん、ガラッとムードが変わった。フランキーがドアを開けたとき、敷いてあった白いラグがなくなり、ブルーとシルバーの飾りも消えているのに気づいた。棚も家具もすっかりどこかへいってしまい、カーテンはブラインドにかわり、部屋じゅうが病院みたいなにおいだった。あちこちにフランキーの持ち物が散らばってたりもしない。花もない。カードさえ消えていた。

　どういうこと？　ぽかんとするあたしに、フランキーが説明してくれた。化学療法で免疫が弱ってるから感染をおそれて両親がやったの、と。病院から、衛生面に注意することがもっとも大切だといわれたから。

「むこうがいってるのは、扁桃腺《へんとうせん》がはれてる人には近づかないように、っていうようなことなのよ。あと、プールみたいな公共の場所にも。ベッドルームを無菌状態にしろなんて、だれもいってないのに。だけど、親ってそういうものでしょう？」

あたしはドアのところにつっ立ったまま、入るのをためらっていた。この清潔な部屋にばい菌をもちこんじゃったらどうしようとこわくて。だけどフランキーがあたしを引きずりこんだ。そしてドレッサーのところに行くと、髪の毛をはずした。すぽんとはずしたカツラを、フランキーは鏡に引っかけた。カツラをはずしたフランキーはまだつるつる頭で、あたしは悲鳴をあげそうなのをがまんするのがやっとだった。

「カツラだったんだ」あたしは唖然としていった。

「あたりまえでしょう。ほかになんだっていうの？」

「ほんものの髪かと思った」

フランキーは、声をたてて笑った。「たしかに、ほんものの髪よ。美容院でそったとき、ママがあたしの髪をもって帰ったの。それから大騒ぎでカツラ屋さんにもっていったのよ。バレエとかオペラとかの仕事をしているところ。で、これをつくってもらったの。めちゃくちゃ高かったらしいから、ほんものみたいに見えるんでしょうね」

フランキーは、あたしをだませてうれしそうだった。あたしは近くに行ってまじまじと見てみた。やっぱり、ほんものみたいに見える。フランキーは、あたしをからかって冗談をいった。あたしも冗談を返そうとしたけど、なんだかバツが悪くなってだまりこんでしまった。

ふいに、ふたりの前に開けているように感じてた未来がどこかへ行ってしまった。あたしはフランキーを見つめた。目の下にくっきりくまが浮かんで、がりがりにやせている。治ったと信じたいけど、それどころか、どう見てもまだ具合が悪そうだ。昔のフランキーとはほど遠くてなんだか不安そうだし、冗談をいってってもピリピリしている。いまになって気づいたけど、どこかがちがう。

「治療、どれくらい続くの？」

「わからないわ。だけどわたし、よくやってるんですって。ハーバート先生なんか、すばらしく優秀だっていってるわ」

ハーバート先生は、第一印象どおりめちゃくちゃステキだったらしい。だけど、ひとつだけ決定的な欠点があった。結婚しているという欠点が。フランキーはハーバート先生の写真をとりだして、隠れ家の王座の間にオーランド・ブルームのかわりに飾っておいてといった。そこまでいうなんて本気なんだね、とあたしはいった。

「愛って不思議なものね」フランキーは、甘ったるい声でいった。

あたしは、たしかにとうなずいた。そして、パパがうちの庭の手入れをしてくれてる女の人にいかれちゃってるという話をした。するとフランキーは、自分のお父さんも馬屋で働いてる女の子と同じようなことになってるといった。

「たぶん、カリスのお父さんが夢中なのって、じつは庭いじりなんじゃないかしら」フランキーはいった。「うちのパパはそういっていたわ。女の子に対してじゃないっていうの。馬なんだって。もっとも、どちらにしてもママがその子をやめさせちゃったけどね」

そのころには、そろそろ帰らなきゃと考えはじめていた。ところがあたしが口も開かないうちに、フランキーがたずねてきた。わたしの服で気に入るものがあるかどうか、見てみない？　これだけやせちゃうと、どれも着られなくなっちゃったから。

「ママが、治ったらいっしょに買い物に行こうっていっているの」フランキーはいいながら、衣装だんすの前に行き、ドアをすーっと開けた。「ぜんぶ処分しちゃうから、好きなのをもっていっていいわよ」

こんなにたくさんの服をいっぺんに見たのははじめて。フランキーは、服を引っぱりだしはじめた。スタイルも趣味もちがうから、あたしが着られそうなのは一枚もない。でも、なんとか数枚選んだ。すると、自分でもビックリするくらい似合うものがあった。しばらくあたしたちは、化学療法や病気に関することをすべて忘れて、ファスナーを開け閉めしたり、ボタンを留めたり、服を着たり脱いだりしては床いっぱいに広げ、あちこちに放りなげ、フランキーの免疫がこの先十年くらい損なわれてしまうほどのほこりを舞いあげた。

あたしが大はしゃぎできゃあきゃあ笑いながら、小さすぎるワンピースをやっとのことで脱いだとき、フランキーのお兄さん、ゴージャス・ジョージが部屋に入ってきた。こんなに近くで見たのは、あの〈グリーン・フラックス〉で会ってあたしが大口をたたいたとき以来だ。あたしはキャッといってワンピースを急いで巻きつけて裸を隠した。少なくとも、ジョージは目をそらすだけのデリカシーはもっていた。そしてまたこちらを見るまでに、あたしは自分の服を着ていた。顔が真っ赤っ赤なのがわかる。

「いったいなんの騒ぎだ？」ジョージは、もうすぐ大学生の十九歳のお兄さんというより、お父さんみたいな口調でいった。

「何に見える？　わたしたち、服を着てみてたの」フランキーはいった。

「明け方の四時にか？」

「問題でも？」

「問題は、おまえがつかれているように見えることだ」ジョージはそういってから、あたしのほうをむいた。「で、きみはだれだ？　見覚えがあるな。会ったことがある」

あのとき〈グリーン・フラックス〉で会った女の子だなんて白状するつもりはさらさらない。もっとも、そんな話をするヒマもなく、ゴージャス・ジョージはさっさとあたしを送るために家の外へ出た。ジョージ・ブラッドリーに送ってもらえるならなんでもするっていう女の子もなかにはいるだろうけど、ハッキリいって、そんな甘いもんじゃない。ジョージはあたしを追いたてるようにして丘をくだり、おいてきた場所でボートをさがしてくれると、あたしをボートに乗せて、さっさと送りだした。今回は両親にはだまっているが、またこんなことがあったらどうなっても知らないぞ、といって。

「妹は、ものすごく体調が悪いんだ。気づいていないといけないからいっておくが、きみは妹の命を危険にさらしたんだぞ。こんなところまで押しかけてばい菌をまきちらして。だから、かりにも友だちのつもりなら、治療が終わるまでは妹に近づかないでくれ。わかったな？　よし、じゃあ！」

つぎの日、フランキーが電話してきて、ジョージのことごめんねといった。「たまにいやなヤツになるけど、いつもあんなふうじゃないのよ。わたしのことが心配だからであって、それは下の兄のディガーズにしても同じなの。最近じゃ、ふたりとも十代の兄というより、うるさい親みたい。これは食べちゃいけない、あれはしちゃいけない、ゆっくり休め、がんばって前向き思考でいつづけろ、ってね。

ほんとうに頭にきちゃう。ふたりとも、何かにつけてうるさくいってくるのよ。これじゃ、癌で死ななくても、家族に殺されちゃう可能性が大ありだわ。わたしは、とにかく前と同じにもどりたいのに。でも家族からしてみたら、わたしはただのかわいそうな病気の女の子なのね」

あたしはいった。あたしから見たフランキーは、「かわいそう」とか「病気」とかいう言葉とはほど遠くて、浮かんでくるのは「元気」っていう表現だけだ、って。フランキーは喜んだ。うちの家族もそう思ってくれるといいのに。キングスウェアとダートマスに住んでる人たちもだわ。どうやら、このところ態度がおかしいのは、家族だけじゃないみたいなの。このあたりに住んでいる人みんな、ヘンなのよ。

「同情してもらえて、感謝すべきなんでしょうけど」フランキーは打ちあけた。

「だけど、知らない人がわたしをあわれんでるなんて、ぞっとしちゃう。なんか、昼ドラみたい。部屋の窓の外からたくさんの人に観察されているみたいな気分だわ。たとえばね、こんなことがあるの。ママの知り合いで、別に仲がいいわけじゃないのに、毎朝メールと毎晩電話をしてくる人がいるのよ。癌のエキスパートで、前にちょっとだけママにアドバイスをしたってだけの理由で、自分にはそうする権利があると思っちゃってるらしいの。わたしたちのことなんか、ほとんど知らないのに、家族みたいな態度なんだもの。ただでさえいろいろがまんしなくちゃいけないことがあるっていうのに、頭のおかしい人にストーカーまでされるなんて！」

拍手かっさい

もちろん、フランキーのいうストーカーがだれなのかは、わかっていた。ママが電話をするのを何度も見ていたから。そして、自分でもビックリだけど、あたしは傷ついた。まさか自分が、友だちよりママの肩をもつ日がくるなんて夢にも思わなかったけど、あたしはママに味方していた。フランキーの言葉がショックだったくらいだから。

なんだか、ママを侮辱《ぶじょく》されたみたいな気分だ。もしあたしが病気で、ダートマスの人たちがわんさか電話してきて具合をたずねてくれたら、きっと感動してたはずす。なのにフランキーは、いろんな人に心配されてあたりまえって顔で、すっかり上から目線だ。ブラッドリー家の人間だから、当然だと思っている。

ほんとうなら、フランキーに自分の気持ちを伝えるべきだったと思う。胸にしまっておかずに何もかも吐きだすべきだった。だけどあたしは、ためこむタイプだ。だからフランキーがママのことをストーカー呼ばわりしたときも、否定しなかった。そしてそのかわり、フランキーのお母さんがうちのママにしたのと同じことをして仕返しした。つまり、フランキーの電話をムシした。

人間が小さいと思う。なんたって、フランキーはうちのママを侮辱したつもりはないんだから。二、三週間そんなふうにムシしてたら、フランキーは留守電とメールぜめで、どうしたのかときいてくるようになった。家で何かあったの？　お父さんが庭師の女の人とかけおちでもした？　話したくないの？

結局、あたしは罪の意識に耐えられなくなって白状した。「この前いってた女の人のことなんだけど」あたしは受話器にむかっていった。「お母さんに、しょっちゅう電話とかメールとかしてくるっていう……」

「その人がどうかした？」

「うちのママなの」

フランキーは、笑い声をあげた。おもしろいと解釈したらしい。「わたしが、ストーカー呼ばわりした人？」

「お母さんが、癌のエキスパートだと思ってる人のこと。ほら、ハーバート先生は世界一の癌治療の専門医だってお母さんに話した人だよ」

「だけど、カリスのお母さんって、事務をしているんじゃなかった？」

「うん、ハーバート先生の担当事務をしてるの」

フランキーは、また笑った。あたしは、うちのママに腹を立ててもムリもないと思うといった。外国でもっといい治療を受けられるせっかくのチャンスをダメにしちゃったかもしれないんだから。だけど、だからってうちのママのことをストーカーとか頭がおかしいとかいう権利まではない、と。フランキーは、それはそうだわといって、ごめんねと謝った。だけど、せっかくのチャンスをダメにしたっていうのはちがうわ。むしろ、お母さんにはすごく感謝しているの。おかげでアメリカなんかに行かずにすんで、通院しながら毎晩自分のベッドで眠れるんだもの、と。

「だから、ほんとうはストーカーされてるなんて責めるんじゃなくて、感謝すべきなの。じっさい、感謝しているし。本気でいっているのよ。この埋め合わせは、ぜったいにするわ。ていうか、お母さんとカリスのふたりともに埋め合わせするつもりよ」

そのときは話はそこで終わったけれど、二週間後、フランキーのお母さんが癌の治療法研究支援のために開くランチパーティの招待状が届いた。手書きの手紙も同封されていて、同じ時期に化学療法が終わってフランキーがもとの生活にもどれるからちょうどいいお祝いになる、と書いてあった。

「ぜひいらしてください。娘さんも連れてらしてね。フランチェスカが、会いたいといっていますから」

その日がきて、ママとあたしはブラッドリー城に到着した。すると、ダートマスとキングスウェアのセレブがせいぞろいしていた。場違いもいいところで、何をしたらいいか、何をしゃべったらいいかもわからなくて、うろうろするしかない。フランキーはフラミンゴ友だちの輪の中心にいて、とてもぬけだせそうにないし、ミセス・ブラッドリーはいつもだれかといっしょにいて忙しそうだ。

ママとあたしはほとんどずっと、せっかくなのでワールドクラスの華やかな顔ぶれをながめてうろうろしながら、話すことを考えていた。光り輝くようなうつくしい日だった。夏かと思うほど天気のいい十月の一日。あたしたちは〈ダートマス・スモークハウス〉のサーモンを食べ、ママはやたらシャンパンが進んでいたし、あたしもママが見てないすきをねらってこっそり二、三杯飲んだ。聖歌隊の女の人たちに会って会話が弾んで、ママがやめちゃってさみしいといわれたこともあった。おばあちゃんが子守りをしていたジョンコックス家の人たちが近づいてきたこともあった。そして、うちがダートマスの郊外の屋敷に住んでいたころ、おたくのおばあちゃんの仕事ぶりはほんとうにすばらしかった、とほめられた。

だけどそれ以外は、あたしたちはふたりだけでいた。ウェイターがあちこちにいて、みんなのグラスが空になっていないかチェックしてまわっていた。ちょっとしたバンドが上のテラスで演奏していたので、こちらに音楽が流れてきた。何度か、フランキーが話したそうな目でこっちを見てるのに気づいた。もう少しで来られそうになったこともあったのに、お母さんにつかまってしまった。

ミセス・ブラッドリーは、どこから見てもクイーンだった。娘の治療が終わったのがうれしくて、喜びにあふれていた。ほんとうにキラキラしていた。みんなの食事が終わると、ミセス・ブラッドリーは癌治療の研究支援のためにオークションをおこなって、みんなが息をのむほどの額を集めた。なんとも誇らしそうな顔で、ミセス・ブラッドリーは、前向きに考えることの大切さについて語った。それこそ、フランキーの回復の鍵だし、あとはキャロットジュースと王立サウスハム病院のおかげだといった。世界的癌治療の権威、ハーバート先生のいる病院のおかげです、と。

テラスのはしっこのほうから、フランキーはあたしにウィンクしてきた。あたしもウィンクした。フランキーは楽しんでいるようなフリをしていたけれど、うんざりしているのがミエミエだった。ブランコにすわって、みんながもってきたプレントに囲まれている。フランキー、かわいそうに。このパーティは、フランキーがもとの生活にもどれるお祝いだけど、こんなのはフランキーが望んでいる生活じゃない。フランキーのお母さんの生活であって、フランキーのじゃない。前はそうだったかもしれないけど、いまはちがう。病気がフランキーを変えたから。

そのうち庭にもかげが落ちはじめて、パーティもお開きが近づいてきた。みんな、乗ってきた車のほうにむかいはじめたので、あたしはバイバイをいおうと思ってフランキーをさがした。見あたらないと思っていたら、フランキーがカツラをはずしてはげ頭をポリポリかいている姿が目に入った。

フランキーがすっ裸になったとしても、みんなはあれほど動揺しなかっただろう。フランキーのまわりにいた人たちは、目をそらした。フランキーはあたしをちらっと見た。つるつる頭で、勝ちほこったような顔で。これがほんとうのわたしよ。その視線はそういっているようだった。カンペキな生活を送っているカンペキなフランキーじゃなくて、ほんとうの生活を送っているほんとうのわたしよ、と。

あたしは、フランキーに拍手をおくった。心のなかでじゃなく、ほんとうに、手をたたいた。パチパチと拍手した。きまり悪い沈黙が流れるなか、なんとかしなくちゃと思った。そして、あたしが行動を起こした。

一瞬、だれもがぎょっとしてかたまった。だけどすぐ、ディガーズ・ブラッドリーも拍手を始めたので、あたしはビックリした。ディガーズも、フランキーがいおうとしていることがわかったみたいだった。そしてどういうわけか、ジョンコックス家の人たちも拍手を始めて、すぐにみんなが拍手かっさいした。そのなかには、ミセス・ブラッドリーもいた。もっとも、あんまりうれしそうには見えなかったけれど。

家に帰ると、大きなツケが待っていた。ママはクラレンス・ストリートまでずっと、口をつぐんだままだった。そして家のドアを閉めたとたん、まくしたてはじめた。なんて恥ずかしいことをしてくれたの。どうしてあんなことができたのか、気が知れないわ。あんなふうにフランキーにわざわざ注目を集めるようなことをして。自分も注目されたのがわからないの？　どんなに恥ずかしいことをしたか、わからない？　かわいそうなフランキー！　それにお母さまだって……死んじゃいたいみたいな顔をしてらしたわよ。

つぎの日の朝、ママはフランキーにはチョコレート、お母さんには花束を買ってきて、あたしにもたせて謝りにいかせようとした。だけど、あたしのフランキーとの友情は、ママに指図されるようなものじゃない。ふたりだけの問題だから、よけいなお世話だ。ただ、お母さんへの花束はもっていってもいいといった。喜んでもらいたいという気持ちと、あとは恥ずかしい思いをさせちゃって悪かったと心のどこかで思っていたからだ。だけど、フランキーにチョコレートをもっていくことは、断固として拒否した。

もっとも、どちらにしても渡すチャンスはなかった。ブラッドリー城に着くと、ミセス・ブラッドリーに門のところで待たされて、インターフォンごしにしか話してもらえなかった。わざわざ謝りにいらしてくれてありがとう、あの〝ちょっとした事件〟のことはもうなんとも思っていないから、お花は門のところにおいていってちょうだい、と。だけど、なんとも思ってないなんてのはうそだし、この先もずっと忘れてはもらえないだろうとわかっていた。あたしは、フランキーをたたえたくて拍手をした。だけどお母さんからしてみたら、フランキーのはげ頭をバカにしたようにしか見えなかった。

Book 3

金貨

パーティの日は夏みたいだったのに、それから一週間のうちに木々はすっかり葉を落とし、通りは枯れ葉でいっぱいになった。冷たい風が海から吹いてきて、真冬かと思うほど寒くなった。とうとう、ほんものの秋がやってきた。寒々とした季節で、あっというまに冬になってしまう。

国じゅうのほかの場所とくらべると、ダートマスの冬はあったかい。だけど、この年はちがった。あたしは、もう行けなくなると思ってキャッスルコーブに行ってみた。そして、ハーバート先生の写真をとっておきの場所に飾った。だけど、風が海岸をびゅうびゅう吹いていたから、どれくらいもつかは不明だ。

ダートマスは、寒い冬の日はまったくちがう場所みたいに見える。川まで、すっかりようすが変わる。流れが速くなり、幅が広くなり、水がごうごうとさかまく。これが夏だと、川のおかげで町が異国風に見えることさえある。ところが、天気の悪い冬の日だと、西部劇に出てくる町みたいだ。海は、人の住まない広々としたプレーリーみたいに見えて、通りにも人がいなくなる。だれもが家（パブってこともある）に閉じこもるし、耳に入ってくるうわさ話は何か月も前のものばかりだ。あたらしい話題なんて、ひとつもないから。

だけど、冬がくるとうれしいことがある。あたしたちのお誕生日だ。フランキーのほうがあたしより先で、十一月の半ば。その年、フランキーのお誕生日が近づくにつれ、あたしは前にした約束を思い出した。飛ばせてあげる、という約束だ。やる気はあったけど、まだ何もしてない。フランキーもそれ以来何もいってこなかったけど、そんなのは言い訳にならない。あたしは約束したんだし、もうすぐお誕生日がやってくる。そろそろ実行に移さなきゃいけない。

そこであたしは、ネットで調べて、ブリストル近くの気球の会社を見つけた。めちゃくちゃ高いけど、ほかのところよりは安い。あたしはフランキーのために、フライト用金券の手付け金を払った。だけど、プレゼントにするつもりなら、残りの金額をどうやって払えばいい？

さっぱりわからない。家の手伝いをしておこづかいをかせぐだけじゃ、ほしいだけの金額はぜったいに集まりっこない。貸してくれそうな人も思いあたらない。ダモもムリだろうな。

だけど、いちおうきいてみよう。

「オレにたのむなんてどういうつもりだ？」ダモはいった。

「だって、ダモは働いてて、あたしは働いてないから。それにダートマスじゃ、お金の使い道なんてお酒とドラッグ以外、ないでしょ？」

ダモは、なんてことをいうんだみたいな顔であたしを見つめた。「なんだって？ オレはドラッグなんかやらねぇぞ」

「やってるとはいってないよ。だけど、友だちの半分はやってるでしょ。あたしだって、それくらい知ってるんだからね。このあたりじゃ有名だよ。それに、あたしにお金を貸してくれるほうが、そんなことに使うよりずっと意義があるよ」

「もっともだ。たしかにおまえのいうとおりだが、もしよぶんな金があってもドラッグなんかには使わねぇよ。おまえたちといっしょに暮らさなくてすむように、アパートを借りるさ。だいたい、なんで金なんかほしいんだ?」

この質問には答えられない。うちの家族のだれかが、あたしがフランキーみたいな女の子のために大金を使おうとしてると知ったら、発作を起こすだろう。

「もういい。忘れて」

ダモはしつこくきいてきたけど、あたしはぜったいに口をわらなかった。パブの〈ドルフィン〉までうわさが広まる可能性は、ぜったいに避けたい。だけど、フランキーのお誕生日はどんどん近づいてきてる。あたしはあせった。そして、いちばん可能性がありそうな方法に目をつけた。たしか、パパがブタ小屋の下にお金を隠したときいたことがある。

数年前から、あのドケチのパパが埋蔵金を(よりによって、ブタ小屋の下に)隠してるといううわさがあった。たぶん、昔の金貨を山ほど。ダモの――このバカげたうわさを広めた張本人だとあたしはにらんでる――話によると、発掘隊をつくる計画の話まで〈ドルフィン〉で出たことがあったらしい。

その話をきいたとき、あたしはパパに、埋蔵金なんかないってハッキリみんなにいってほしいとたのんだのを覚えてる。いろんな人が暗くなってからうちの庭をはいまわるなんて、耐えられなかったから。

だけどパパは、何を気にしてるんだと笑いとばして、鼻の横をとんとんとたたきながらいった。「だが、ほんとうだったらどうする？　もし、ほんとうにうちの庭に金貨がたんまり埋まっていたら？」

もちろん、パパはあたしをからかってただけだ。でなくとも、からかわれてるんだってあたしは思いこんでいた。だけど、こうしてほかにたのみの綱がなくなってくると、自分で庭を掘りおこしてみようかという気になってきた。いちかばちかなのはわかっている。それどころか、バカを見るだけかもしれない。ヒミツの埋蔵金なんてただのつくり話だってことは、このあたしがいちばんよくわかってる。だけど、埋蔵金を発掘するほうが、フランキーに電話してお誕生日プレゼントのお金を自分で出してくれない？　ってたのむより、ずっといい。

とにかく、あたしは自分にそういいきかせた。

そこで、毎日放課後、こっそり庭に行って、ママとパパが仕事からもどってくるまでのあいだ、できるだけ掘った。うす暗いなか、九九・九パーセントないと確信してる金貨をさがして庭を掘るなんて、とんでもなくうんざりだ。ブタ小屋はパパが冬にそなえてためこんでおいた丸太だらけで、それをぜんぶどかしてから掘りはじめ、だれにもバレないようにまたもとの位置にもどしておかなきゃいけなかった。

なんでこんなことしてるんだろう？　あたしは何度も自分の心にきいてみた。泥だらけだし、どんな気持ち悪いものが出てくるかもわからない。そして、答えは決して出なかった。少なくとも、もっともな答えはなかった。

そして、ある日の午後、ダモに見つかった。あたしは、パパみたいに庭の手入れにこりだしたフリをしたけど、ダモは信じなかった。

「マジで何たくらんでるんだ？」

「なんにもたくらんでないよ」

「ふざけんな」

「ふざけてないもん」

「まさか、金貨を掘ってるんじゃねぇだろうな?」

「まさか。ちがうよ」

「そっか、それならよかった。そんなことしても、時間のムダだからな」

ダモは、笑いながらむこうに行った。残されたあたしは、バカみたいな気分だった。だって、ダモのいうとおりだから。あたしは時間をムダにしてる。だけど、それから数日後、あたしはすごいものを掘りあてた。

土曜日の朝で、だれもいなかった。ママとパパは車を修理に出しにいってたし、ダモはまだ寝てたし、おばあちゃんも部屋のカーテンを引いたままだからたぶんベッドのなかだった。何をしてるのかきかれる心配がないので、あたしはこっそり庭に出て、ブタ小屋のまだ手をつけてない角の部分を掘りはじめた。まずは奥に積みあげてある植木鉢をどかさなきゃいけなかったけど、ひとつ目をもちあげたとたん、金貨がじゃらじゃら転がってあちこちに散らばった。

パパ、ほんとうに宝を隠してたんだ。しかも、埋めてさえいない。あたしはぺたんと手足をついたまま、自分の目をうたがっていた。三十枚くらいの金貨が、大きいのも小さいのも、あっというまにひざの上に集まった。想像していた昔の金貨ほど重くないけど、年月がたっても輝きはうすれてない。

あたしは、一枚ずつじっくりながめた。知らない言葉で文字が書いてある。だけど、さすがは金貨で、すごくきれいだ。

あたしは、二枚もって（それだけあればじゅうぶんだと思って）、残りをもとの植木鉢のなかにもどした。これって盗みにあたるのかな、なんて考えもしなかった。すごく頭にきてた。いままでさんざんケチケチ切りつめてたのに、そのあいだずっと、パパは庭にこんな宝を隠してたなんて！　このぶんじゃ、ほかにどんなヒミツがあるか知れやしない。パパのことがわからなくなってきた。ほんとうはどういう人なの？　こんな古い金貨、どうしてパパがもってるの？

答えは出ないけど、せっかく思いがけない収穫があったんだから利用しない手はない。あたしは銀行に行って、金貨を二枚、ふつうのお金にかえてもらうことにした。疑惑でいっぱいのヘンな気分がしばらく続いてたので、そうすることになんの疑問も感じなかった。ポンドをユーロに両替してもらうのと同じくらい、楽勝だ。

ひとつだけ気がかりなのは、パパの埋蔵金のうわさが流れちゃうかもしれないこと。

銀行に知り合いはいないはずだけど、念のため、あたしはママのスカーフとダモのサングラスで変装した。自分の番がくると、窓口に金貨を出した。人に見られないように、両手でおさえながら。

「どれくらいの価値があるかはわからないんですけど」あたしは小声でいった。うしろに並んでる人がゴールドラッシュみたいに群がってきたらたいへんだと思って。「ポンドに交換してほしいんです」

受付の女の人は、あたしの金貨をじっと見つめた。海賊のお宝らしきものを目の前にした人にしては、やけにしらーっとしている。

「で、おいくらくらいをご希望でいらっしゃいますか?」女の人は、おもしろがっているような、イラッとしているような声でいった。

「さあ。銀行なんですから、そちらが調べてください。ただし、紙幣のほうが助かります。ぜんぶもって帰れないといけませんから」

女の人は、金貨を突きかえしてきた。「おつかれさまです。あーあ、おもしろかった」そして、さらに大きい声でいった。「つぎの方どうぞ」

あたしは、ムッとした。どういうこと？　あたしだって、ほかの人と同じように列にならんで順番を待ったちゃんとしたお客なのに。あたしは金貨を押しもどした。どういうことか教えてください、といって。

「どういうことかというと……」女の人は、もう声をひそめたりもしないでいった。「うしろに、順番を待って並んでいる方々がいらっしゃいます。みなさま、れっきとした用件があっていらしているのに、あなたのせいでお待たせしているんです。だから、そのおもちゃの金貨をもってさっさとどいてください」

家に帰ると、ダモが笑っているのに気づいた。笑ってないフリをしてたけど、あたしには声でわかった。そして、どうして笑っているのかも。銀行へ行く途中ずっと、あたしはポケットのなかに入っているのは金貨だと思いこんでたけど、帰り道は、そうじゃないとわかってた。だいたい、金貨のわけがない！　クリスマスの靴下に入ってるコインチョコほどやわらかくはないけど、たいしたちがいはなかった。ひとつかじってみたら、歯がくいこんでめっきがはがれおち、下のプラスチックが見えた。

いまでもあのときのことを思い出すと、なんてバカだったんだろうと顔が赤くなる。コインをかじったあとも、あたしはまだ夢にしがみつこうとしてた。だけどダモの笑ってる顔を見て、部屋に行ってベッドの上にあたらしいジャック・スパロウの海賊クイズボードがのっているのを見つけたとき、宝箱のなかが空っぽなのに気づいて、まるでアハハという声がなかからきこえてくるような気がした。これでもう、ハッキリした。ずっとだまされてたんだ。

つらいとき

あたしはフランキーに、金貨事件のことを話した。結局そのまま、気球の話もしてしまった。フランキーは、感動して感謝してくれるかと思ってた。なんていい友だちなのとか、うれしいことをいってくれるとさえ期待してた。ところがフランキーの口から出たコメントは、気球なんて弱虫の乗るものよ、だけだった。ぜんぜんスリルがないもの。飛ぶんだったら、ハンググライダーとか、スカイダイビングとか、そういうわくわくするものがいいわ。カゴのなかなんかにすわって浮いてるだけなんて、つまらない。

「もっとも、飛びたいと思っているわけじゃないけど」フランキーはさんざんいったあと、さらっといった。「前は飛びたかったけれど、もういいの。このごろは、生きているだけで精いっぱいだもの」

ほっとしながらもちょっとがっかりしつつ、あたしは気球の会社に電話して、金券の手付け金の分を返してもらおうとした。フランキーに文句をいうつもりはまったくなかった。生きているだけで精いっぱいとまでいうのなら、相当のことなんだろう。

しかもフランキーは、学校にまた通うようになっていたので、追いつくのに必死だった。「授業が右の耳から左の耳へと流れていっちゃうのよ。しかも毎晩、家庭教師が来るけど、それにしたって同じことだわ」あたりまえのこととはいえ、この時期、フランキーはめったに電話してこなかったし、してきても、いつもつかれてイライラしていた。何かにつけ、すごくたいへんだといった。飛ぶことだけではなく、人生のすべてがむずかしくなっていた。メールする時間を見つけることさえ、むずかしい。〈アルフレスコ〉でちょこっとミルクシェークを飲むことさえ、ムリだった。

こんな雰囲気のなかで、友だちづきあいを続けていくほうがむずかしい。通りでフランキーとばったり会って立ち話をしたことがあったけど、ふたりしてなんか、ぎくしゃくしてしまった。フランキーは、腕時計にちらちら目をやってばかりいた。スポーツクラブでお母さんと待ち合わせをしてたからだ。スポーツクラブなんか行きたくないんだけど、とフランキーはいった。だけどしょうがないの、と。

「治療が終わってからというもの、うちの家族ときたら、フィットネスにはまっちゃって。もともとスポーツはつねにやっているほうだったけど、いまじゃ、体を動かすのが好きにもほどがあるわ。車は禁止で、どこへ行くにも歩くの。パパなんか、新聞を配達してもらわないで毎朝スタンドまで走って買いにいくのよ。葉巻もやめたし。ママはママで、オーガニックのお菓子を焼いたり、石臼びきのパンをつくったりばっかりしてるし。わたしたちにも、果物や、癌細胞を破壊するためとかいってニンジンを食べさせるの。ニンジンなんて、オェーッだわ」

フランキーは顔をしかめた。あたしもうぇーっと声をあげて同意した。フランキーがいうには、お母さんがかかげる〝前向き思考〟というスローガンが、家族の生活のすべてになっているらしい。そういうテーマの集会にまで参加して、自分は何より前向き思考の大切さをわかっていると話しているらしい。癌を克服した娘を見れば、正しい心がまえ――あと、正しい食べ物――こそ、どんな化学療法にもまさることがわかるから、と。

「で、わたしがお手本ってことになってるの。こんなサイアクなことってある？」

あたしたちは、いっしょにスポーツクラブまで歩いていった。フランキーはつかれているように見えた。だれかのお手本になるようにはとても見えない。だけど、フランキーの話だと、お母さんは本まで書いたらしい。癌の治療法の研究資金を集めるために。

「いろんな出版社にもちこんでいるのよ。どこか興味をもってくれるところがないか、返事を待っているの。ママの大好きな癌克服レシピがいっぱいのってるのよ。わたしでテスト済みの」

フランキーは、また顔をしかめた。「わたしの病気、ビジネスチャンスになっちゃったの。ママは、それでまったくあたらしい仕事を始めようとしているのよ」

あたしたちは、スポーツクラブの角で別れた。フランキーのお母さんに見つかるといけないからだ。あたしたちが直面してるもうひとつの問題は、あのランチパーティの日以来、お母さんがあたしを目のかたきにしてるってことだった。電話をかければお母さんが出て、フランキーと引きはなそうとする。さらにサイアクなのは、ママまでキレちゃったことだ。フランキーのお母さんが、電話に出なくなったから。

「金持ちっていうのは、わたしたちとはちがう人種だからね」ママはいった。「何かで読んだことがあったけど、やっぱりそうだったわ。自分が何かしてほしいときはさんざんべたべたしてくるくせに、いったん手に入ったら、こっちのことなんかぽいっと捨てちゃうんだから」

フランキーは別れ際に、グチばかりいってごめんね、といった。「つまらない話してるのはわかってるんだけど、ほかにどうしようもないの」

あたしはいった。友情というのはアルフレスコのミルクシェークだけ飲んでいればいいというものではない、心のなかの問題だから、と。フランキーはそれをきいて喜んで、うまいことというわね、といった。

だけど、口ではどんなことをいっても、それから長いこと、あたしたちは会えなかった。ふたりのお誕生日も過ぎてしまったけど、おしゃべりもしてなかった。あたしのお誕生日、ママは昔いた聖歌隊のコンサートにあたしをむりやり連れていった。どうしてそんなことをしたのかは、わからない。たぶん、チケットが安く手に入ったかなんかだろう。だけど、あたしが楽しめるようなものではなかったし、ママもすっかりへこんじゃった。なんて趣味が悪いのかしら、とかいいながら。

帰ろうとしてたら、ジョン・ベップがあわててあいさつにきた。そして、ママみたいにうつくしくて澄んだすばらしい声の持ち主はいないからどうかもどってほしい、といった。本気にきこえたけど、ママはまるで傷口に塩を塗りたくられたみたいに感じたらしく、さっさと帰ってしまった。

「あのジョン・ベップのやつ、よくもしゃあしゃあとあんなことがいえたものだわ。あんなやつの聖歌隊で歌ってたまるものですか」ママはそういいながら、クラレンス・ストリートをずんずん歩いていった。

あたしが期待してたようなお誕生日とはほど遠かった。しかも、さらにミジメな気分を深くしてくれたのは、二軒先の家でちょうどパーティをやっていたことだった。ブライオニーが、お母さんが出かけててお目付役がお姉さんだけなのをいいことに開いていたパーティだ。ブライオニーはしょっちゅう人を呼んでは大騒ぎをしてるけど、今回はダートマスの住人の半分くらい呼んでるんじゃないかと思えた。ドアと窓を閉めきったうちのなかにいても、音楽や笑い声が通りにあふれでているのがきこえてくる。

サイアクのお誕生日！ あたしは、自分をあわれみながらベッドに入った。友情が心のなかの問題なのはいいけど、ぜんぜん会えなかったら、友だちでいる意味なんてある？

ちっとも眠れないまま、だれのせいでこんなことになったのか、考えていた。あっ、そうか。友だちとお誕生日もいっしょに過ごせないのは、ぜんぶあたしたちの母親の責任だ。ミセス・ブラッドリーはフランキーをあたしから遠ざけようとしてるし、うちのママは……なんたって、うちのママだから。どうしてママは、いつもあんなにカリカリしてるんだろう？ 何が気に入らないっていうの？ どうしてふつうの人みたいに、友だちをつくって、ちゃんとつきあっていけないんだろう？やたらしつこくして電話をかけまくるか、まったく口をきかないかのどっちかなんて。

ママには、少し頭を冷やしてもらわなきゃいけない。ママも、ミセス・ブラッドリーも、ふたりとも。だけど、どうすればいいんだろう？　ひとつだけわかってることがある。何かしら手を打たないことには、あたしのフランキーとの友情はおしまいになっちゃう。

DSMCE

計画はすぐに思いついた。その日の夜、壁を通してガンガン響いてくるブライオニーのパーティの音をきいているうちに、ぱっと頭に浮かんだ。最初はぼんやりした考えだったけど、あたしは確信してた。これできっと、母親たちの関係を修復させて仲直りさせられるはずだ。

まずはとにかく、あのふたりを笑わせよう。経験上、友情にとっていちばん大切なのはユーモアだと思う。ふたりを同じことで笑わせれば、いろんな可能性が開けるはず。具体的にどうやって笑わせるかも、わかってる。

暗がりのなかで自分の体に腕を巻きつけながら、あたしは想像してた。最初はちょっときまり悪いかもしれないけど、すぐに笑い話になるだろう。ぜったいうまくいく。すばらしい思いつきだ。

そのときは、作戦が逆効果になって、ふたりの母親をよけい怒らせて遠ざけるなんて、思いもしなかった。

つぎの日に作戦のことを打ちあけたとき、フランキーだってそんなふうにはまったく考えなかった。それどころかすぐにメールを返してきて、すばらしい考えだわといった。

すべては、母親たちがおだてに弱いってことと、ヒミツの夢をもってることにかかっていた。夢があると人間は――ダモにプラスチックの金貨でだまされたときに気づいたけど――ほんとうのことが見えなくなってしまう。おだてられたときも、そう。だから、よぼよぼの大金持ちのおじいさんが、自分だけを愛してるといってくれる女の子と結婚する。そしてママにいわせれば、パパが犬みたいにジュディス・メイソンにまとわりつくのも、おだててもらえるかららしい。

その日、あたしは二通の手紙を書いた。それぞれの母親に一通ずつ。それをフランキーにメールして、どう思うかたずねた。うとうとしはじめたころ、返信がきた。

「すごいわ。すばらしい。これでいきましょう」

「ホントに？」

「いったとおりよ。すばらしい作戦だと思うわ。考えると、ついつい笑えてきちゃう」

そこで、フランキーにいわれたとおり、あたしは実行した。というか、正確にいえば、ふたりで実行した。フランキーが透かし模様の入ってる上品な便せんをもっていて、お父さんの書類を参考にしてつくったレターヘッドをコピーした。それからあたしが手紙を書きあげ、フランキーにメールしてプリントアウトしてもらい、お父さんの高級万年筆で立派なサインをでっちあげた。きわめつけに、フランキーがロンドンに住んでいるお姉さんをもつフラミンゴ友だちを買収して、ウエストミンスターから手紙を投かんしてもらった。これで、消印を見てあやしまれる心配もない。

それからというもの、あたしたちはそれぞれの郵便受けの近くをうろうろしていた。何が起きるか、期待して。

「そっちはきた？」フランキーは何度もメールしてきた。

「ううん、まだ。そっちは？」あたしも何度も返信した。

ついに手紙がきたとき、あたしたちは用心して、あわてて郵便をとってきたりはしなかった。土曜日の朝で、どちらの家族も家にいた。フランキーはどうか知らないけど、パパが首相官邸のあるダウニング街十番地の紋章つきの封筒をもってきたとき、あたしは心配で吐きそうだった。パパはその手紙をママに渡した。首相がママにいったいなんの用だ、といいながら。あたしは、期待しすぎで心臓が引っくりかえりそうだった。

「えっ？　どういうこと？」ママがいった。

「ほら、自分で見てみろよ」

ママは封筒を開けた。買い物に出かけようとしていたのに、すわって読みはじめた。すわっててくれて、助かった。ダウニング街の紋章の下に書いてあったのは、こんな内容だったから。

ミセス・ワッツ様

拝啓
デヴォン州、コーンウォール州における聖歌隊の活動をたたえて、イギリス政府よりＤＳＭＣＥ（民間事業の卓越した事業に対するメダル《ディスティングイッシュド・サービス・メダル・フォー・シヴィル・エンタープライズ》）の授与が決まったことを、ここにお知らせいたします。
授与式はエクセター大聖堂でおこなわれ、皇太子殿下もご出席される予定です。詳細は、同封した書類に記載されています。七日以内に返信用封筒にてご出欠をお知らせいただければ幸いです。
最後に、十番地を代表して、心からのお祝いを申し上げます。

敬具
イギリス首相

ママは、ショック死しそうとまではいわないけど、それに近いものがあった。手紙を二回読んで、そのあとなんと！　ぽろぽろ涙をこぼした。あたしたちに読みきかせようとするけど、声が震えて読めない。

パパが手紙をママから受けとって、最後まで読んだ。ついさっきまであたしは、どちらもだまされないだろうと思ってた。なのにふたりとも、これっぽっちも疑ってない。

「やっぱりこういうことなのね」ママがいった。「ちゃんと見ていてくれる人はいるものだわ。目立たない存在でも、大きな貢献をすれば、認められることがあるのね。正義って、あるものなんだわ」

あたしはあせった。うそ。あたし、なんてことをしちゃったんだろう？

「首相からよ」ママはずっと、はしゃいでる。「皇太子よ。ＤＳＭＣＥよ。信じられないわ！」

パパは、ＤＳＭＣＥなんてきいたこともないといった（あたりまえ。あたしがつくったんだから）けど、ママは、そんなことも知らないなんて恥ずかしいといった。どうやら、あとで話してわかったことによると、フランキーのお母さんのリアクションもまったく同じだったらしい。お父さんがＤＳＭＣＥなんてきいたことがないというと、いままで何をやっていたの？　そんなの常識よ、といったそうだ。
　フランキーのほうの手紙は（お母さんが家族に読みあげて、そのあと電話で、知り合い全員に読みきかせたそうだ）、こんなふう。

ミセス・ブラッドリー様

拝啓
『ポジティブ・クッキング：健康的な食事による癌治療へのガイド』（フェーバー＆フェーバー出版に寄稿されたものを拝見しました）をはじめとする癌の治療法研究の活動をたたえて、イギリス政府よりＤＳＭＣＥ（民間事業の卓越した事業に対するメダル《ディスティングイッシュド・サービス・メダル・フォー・シヴィル・エンタープライズ》）の授与が決まったことを、ここにお知らせいたします。
授与式はエクセター大聖堂でおこなわれ、皇太子殿下もご出席される予定です。詳細は、同封した書類に記載されています。七日以内に返信用封筒にてご出欠をお知らせいただければ幸いです。

最後に、十番地を代表して、心からのお祝いを申し上げます。

敬具
イギリス首相

フランキーの話だと、お母さんはこの手紙を読んだあと、強いカクテルをつくってたてつづけに二杯飲んだそうだ。「フェーバー&フェーバー出版……フェーバー&フェーバー出版……」お母さんは、ずっといってた。原稿を送ったどこの出版社からも返事がなくて、あきらめかけてたところだったから、二倍の衝撃だった。

フランキーのお母さんは、こんな手紙がくるなんてありえないといいながらも、信じた。うちのママも、フランキーのお母さんも、信じた。友だちも家族もみんな、信じた。だれも、うさんくさいとはいわなかった。DSMCEなんてきいたことがないという人もいたけど、きいたような気がするという人のほうが多かった。

「なんだか信じられないわ」フランキーは、メールしてくるたびにそういった。「わたしたち、うまくやったわね。というか、さすがカリスだわ。あなたって、天才。わたしなんか、百万年たってもこんなにすごいことは考えつかないもの」

あたしは、ものすごく誇らしかった。ママが、手紙についていた注意書きのドレスコードに合う服を買いに出かけたときも、引きとめたいのをがまんして、罪の意識を感じないようにしてた。ママは大金をはたいてきたし、パパもひと言も文句をいわなかった。それもこれもぜんぶ、あたしがやったことのせいだ。

あのときは、あたしにもこんな大きい力があるなんてとうれしかった。ほんとうのことがわかったらパパはキレまくるだろうし、ママだってそうだ。だけどそのときは、心配より満足のほうが大きかった。やるだけの価値はあると、自分にいいきかせていた。ママとミセス・ブラッドリーがエクセター大聖堂で顔を合わせてあたしたちのしたことに気づいたときにすべては報われる、と。

前の晩になって急に、あたしはおじけづいてきた。

「あのふたり、わかってくれるかな？」あたしはフランキーに電話した。母親たちが注意書きにある「受賞者受付」にやってきて、ほかのＤＳＭＣＥの受賞者がどこにもいないと気づいたときのようすが目に浮かんでくる。

「わかってくれるに決まっているわ。この前ね、ぎりぎりセーフだったのよ。ママが推薦してくれたお礼をいいに出版社に電話しそうになったの。あと、首相官邸にも電話しようとしていたのよ。パパも同伴していいか、きこうとして。あぶないところで気をそらしたからよかったけど。なんていったのかは忘れちゃったけど、なんとかうまくいったわ。いまじゃ、行く気満々よ」

「じゃあ、ほっとけばいいと思う？　とめたりしないで？」

「やだ、あたりまえでしょう？　このためにがんばってきたんじゃない。いよいよ、ばっちりオシャレした母親たちが顔を合わせて、だまされたって気づくときがきたのよ」

思わず震えが走った。「だけど、おもしろがらなかったら？」

「あら、おもしろがりはしないわよ。すぐにはね。だけど、わたしたちの仕業だって気づいたら、最初はとまどうでしょうけど、そのうち感心するはずよ。なんて頭がいいんでしょう、って。そうなったら、笑うしかなくなるわ。ほかにどうしようもないもの。きっと、『さすがはおたくのお子さんね』とかいい合って、もしかしたら共謀して仕返ししてくるかもしれないわね。それもいいじゃない？ それくらいされて当然だもの。だけど少なくとも、そのころにはふたりは友だちにもどっているし、わたしたちの仲も許してくれるわ」

あたしは、心配するのはやめようと努力した。だけどつぎの日の朝、半分パニクりながらしたくをしているママをおいて学校に行くころには、ストレスでどうにかなりそうだった。計画どおりにいかなかったらどうしよう……ふたりが時間をまちがえて会えなかったら？ 会えたとしても、あたしたちのしたことに激怒して、おさまりがつかなかったら？

学校にいるあいだずっと、あたしは動揺しっぱなしだった。どうなっただろう？ もう着いたかな？ ふたりはすでに顔を合わせてる？ いっそのこと、家に帰っちゃおうかな？

放課後あたしは、結局いろんなお店を閉店時間までうろつきながら、フランキーにメールしつづけた。でも、返信がない。とうとう、もうこれ以上引きのばせないとあきらめて、あたしはおそるおそる家にもどった。そのころには気づいてた。あたし、おそろしい計算ちがいをしちゃった。あたしたちがしたことを、だれもおもしろがってなんかくれない。笑いとばしてなんかもらえないだろう。

思ったとおり、家のなかに入ったとたん、歓迎委員会の面々が待ちかまえていた。ママは、だれにだまされたのかに気づいて激怒していた。あたらしい服に大金をつぎこまれたパパもだ。だけど、パパがいちばん怒っていたのは、あたしがママにしたことのせいだった。

「よくも、こんな残酷なことができたな?」パパは、説明する間もくれずにどなった。「いったいどういうつもりだ? お母さんがおまえに何をしたっていうんだ?」

「ただの冗談のつもりだったの」

「どこが笑えるんだ?」

たしかに。ママの頭から湯気が出てるのが見えそうだ。ふざけてばかりのダモさえ、おもしろがってない。パパはいった。ママは学生時代に、たちの悪いいたずらをさんざんされて、何年もかかってやっと立ちなおったところなんだぞ。

「それがおまえのおかげで、ぜんぶよみがえってきたんだ」

あたしは、うなだれた。そんなこととは知らなかった。「おもしろがらせようと思っただけなの」

「冗談ならおもしろいけど、これは冗談ではないわ」ママはいった。「まぎれもない悪意を感じるもの。だれの思いつき？　あなた？　それともあのブラッドリーの娘？」

返事もしていないのに、フランキーとは二度と会うなといいわたされた。今後何があっても、友だちづきあいは禁止された。あなたたちがいっしょにいるとロクなことにならないから、と。あたしたちの、母親たちを笑わせてなんとか仲直りさせようという計画は、カンペキ失敗だった。

あたしはケータイをとりあげられた。返してもらえるかどうかさえ、わからない。つぎの日、学校からフランキーにメールしてみたけど、返信はなかった。家に帰る途中、電話ボックスからフランキーのケータイにかけてみた。ダモのケータイを勝手に借りてメールを送ったり留守電を入れたりもした。でも、返事はなかった。

暗い夜空

信じられないくらいあっというまに、クリスマスがやってきた。ついこの前まで夏休みで靴底についた砂を払っていた気がするのに、もう十二月も半ばだ。ダートマスじゅうが豆電球の明かりできらめき、キャッスルホテルはクリスマスプレゼントのように飾りつけられ、別荘はどこもまた人でいっぱいになった。

それでも、フランキーの家には明かりが灯らなかった。例の冗談作戦の日以来、ブラッドリー城は暗い夜空に暗くそびえていた。まるでフランキーが家族ごと、この世からぱっと消えてしまったようだ。

あたしはそれこそ毎日、自分がしたことを悔やんだ。フランキーはどこにいるんだろう、どうすれば元通りになれるんだろう、と考えた。ああ、なんてバカだったんだろう。あんなおもしろくもない冗談、かんちがいもいいとこだった。ホント、あたしってバカ。

一年の終わりは何かとイベントが多いけど、心配ごとを忘れさせてくれるようなものはひとつもなかった。クリスマスは、わけがわからないうちに過ぎていった。いちばん盛りあがったのはクリスマスイブに雪が降ったことで（デヴォン州は南すぎて雪は降らない）、サイアクだったのはプレゼント交換をする〝ボクシング・デー〟の二十六日。毎年、おばあちゃんの住んでいる側にいって、シェリー酒とドライフルーツをつめたミンスパイでお祝いをすることになっている。ところがその年は、ジュディス・メイソンも招待されていた。

あんな思い、二度としたくない。ボクシング・デーにおばあちゃんのところへ行くとき、うちではだれもオシャレしたりしない。家族だけの集まりだからだ。ところがその年、パパがオシャレをはじめた。ジュディス・メイソンが来てるのを知ってたみたいに。ジュディスのかっこう——ベルベットのスカートにタータンチェックのリボンがついたみょうなワンピース——は、地元の舞踏会にでも招待されたみたいだった。

部屋に入っていくなり、あたしたちはふいをつかれた。ジュディスがおばあちゃんを手伝って、シェリー酒のグラスを用意したりミンスパイをあたためたりしていたからだ。まるで、こっちのほうがジュディスに招待されたお客みたい。ジュディスはばっちりメイクをして、もじゃもじゃの髪を何やら入念にセットしていた。しかも、あたしたち全員にプレゼントまで用意してた。そのせいでママは、こっちが何も用意してないことを謝らなきゃいけなくなった。

ママは、完全にキレてた。あたりまえだ。しかもパパがプレゼントを用意してたものだから、さらに激怒した。パパはそのプレゼントをジュディスに渡して、「うちの庭をいつも立派に手入れしてくれる」お礼だといった。そのあとジュディスに乾杯なんかしたものだから、ママはむせそうになっていた。

あとで、ママとパパは大げんかをした。ジュディスは何ひとつおかしいことなんかないみたいな顔で帰っていったし、おばあちゃんはさっさと寝ちゃったし、ダモは何が起きるかわかってるみたいに〈ドルフィン〉へ逃げていった。あたしはひとり自分の部屋で、ママのほうがジュディスなんかより、わざわざオシャレなんかしなくても百万倍もキレイなのに、と考えてた。パパはあんなずんぐりむっくりのガーデニングおばさんのどこがいいんだろう、って。

　そのとき下のリビングでは、ママがパパに、あたしが考えていたのと同じようなことをたずねてた。ただし、怒りまくった大声で。あたしが寝るときもまだ、ふたりはけんかしていた。パパは、ジュディスにはこれっぽっちも魅力なんか感じていないといいはったし、ママは信じられないといいつづけた。

　クリスマスシーズンの終わりとしては、サイアクだった。あたしは泣いた。こんなにさみしい思いをしたのは、はじめて。ケータイがあれば、フランキーに連絡してぜんぶ話せるのに。フランキーはいまごろ、ブラッドリー家恒例のスキー旅行に出かけてるのかな。白銀の山と、ステキな若者たちに囲まれて。

　ああいう人たちにはわかりっこない。何が起きても――癌とか、けんかとか、離婚の危機だって――いつも明るい材料が待っている。フランキーと交代できたらいいのに……一日でもいいから、フランキーがあたしになって、こんな生活やこんな家族をがまんしてみればいい。で、あたしがフランキーになって、スキーだかスノボーだか知らないけど、フランキーがいましてることをする。

つぎの日、ママとパパは何もなかったみたいにふるまってたけど、空気がピリピリしているのがわかった。ダモはお昼ごろやっと起きてきて出かけたきり帰ってこなかった。あたしはテレビの前にずっとすわっていたけど、何を観てたのかも思い出せない。

ママもパパも、うとうとしてるあたしに声もかけずに寝てしまった。夜おそくなってあたしは、ある番組に注意をひかれた。〝ハロー・ジャンプ〟という、はじめてきくとんでもないスポーツを特集する番組だ。ぱっと目をさますと、酸素マスクをつけた男の人が横の扉を開いた軍事用の飛行機のなかでうずくまり、これから究極のスカイダイビングをするところだと話していた。ただでさえ飛ぶのがこわいんだから、ふつうならテレビを消して寝てしまうところだ。ところが、あたしはその人から目が離せなくなった。たぶん、その人の恐怖が伝わってきたせいだ。

その人は、ぐっしょり汗をかいていた。話をきくうちに、ムリもないと思った。どうやら飛行機から飛びおりようとしているらしい。なんと一万メートル上空から。それから高度八百メートルあたりでやっとパラシュートを開くまでの数分間、自由落下を続ける。

上空は、かなりの寒さ。ものすごくさみしいはず。酸素マスクが壊れてたら、死んでしまう。だけど、パラシュートのひもを引くまでの数分間、命を危険にさらしつづける。もし何かあったら――パニックを起こすとか、意識を失うとか、一瞬でも気が遠くなるとか――一巻の終わり。

だけど、命さえ落とさなければ、人生でもっともすばらしい数分間が約束されている……そう、その人は語っていた。

あたしはテレビに近づいて真ん前にすわりこみ、飛行機が目的地に着いてその人がジャンプをするのを、夢中になってながめていた。空がその人を包みこみ、飛行機が離れていく。そしてふいに、どこまでも広がる空のなかで、その人が何かちがうものになった。人間ではなく、鳥でもなく、まったくちがう生き物に。

いちばんすごかったのは、ごくふつうにやっているように見えたことだ。あたしだったら、悲鳴をあげてあばれてただろう。だけどその人は、腕と脚を大きく開いて、カンペキな自由のポーズをとり、ただ浮かんでいた。

すばらしい光景だった。ナレーターの説明によると、ものすごいスピードで落下しているのに、まったく動いていないように見える。その人のまわりの世界は、予想を裏切らないすばらしいものだった。その人は、その世界を支配していた。そしてふいに、あたしは気づいた。これこそ、フランキーが夢見た世界だ。何年も前、子どものころに。

ああ、ケータイがあればフランキーにメールして、すぐにテレビをつけてといえるのに。どうしてもフランキーにこの番組を見てもらいたい。飛ぶ夢なんか見たことないあたしだって、この空に浮かぶ人から目が離せないんだから。その人がパラシュートのひもを引くまでの数分間、あたしも飛んでいるような気がした。そして、ちっともこわくなかった。むしろ、飛ぶのが楽しくてたまらなかった。

そして、その人が無事に着地すると、あたしはもとの、飛ぶなんてとんでもないと思ってるこわがりにもどった。だけどさっきまでの数分間、あたしは別人だった。フランキーがよくいっていた自由な感じがわかって、飛ぶことと笑うことがセットになっていた。

つぎの日、クリスマス休暇が終わってお店が開くと、あたしは〈ハーバーブックショップ〉に出かけていき、クリスマスにもらったおこづかいでフランキーのためにハロー・ジャンプの本を注文した。フランキーの未来への投資だ、そういいきかせながら。理由は説明できないけど、自分自身への投資でもあった。

本は、なかなかこなかった。店員さんも原因がわからなくて困っていたし、あたしもいいかげんあきらめようかと思った。冬が終わって春がくるころになってやっと、本がきた。庭にはマツユキソウが咲き、ブラッドリー城にも明かりがつくようになっていた。

そのころには、ケータイが返ってきた。ただし、〝ブラッドリーの娘〟には死んでも電話してはいけない、ときつくいいわたされていた。だけどあたしは、ブラッドリー城の明かりを見ると真っ先にフランキーに電話した。応答がないので、メールを送って、また電話した。えんえんと鳴らしつづけると、やっとフランキーが出た。

いざフランキーの声をきくとビックリしてしまって、あたしは何をいったらいいかわからなかった。フランキーが、クリスマスはどうだったかとたずねてきたので、あたしはサイアクだったと答えた。するとフランキーは「まあ！」とだけいった。なんだか、フランキーも何をいったらいいかわからないみたいだった。あたしは、〈アルフレスコ〉で会おうと提案した。フランキーは、むずかしいかもしれないけれどやってみる、と答えた。

むずかしい原因はお母さんだろうと思っていた。ところがフランキーに会って、あたしはショックを受けた。たしかあのときあたしは、〝フランキーへ〟と書いたクリスマスの包装紙にくるんだハロー・ジャンプの本を脇にかかえていた。だけど、フランキーの顔を見た瞬間、そんなことはすべて忘れてしまった。ものすごくやせていたせいだけじゃない。車イスを見て、あたしは息が止まりそうになった。電動車イスに乗ってテーブルのあいだをぬってやってくるフランキーを、みんながじろじろ見ている。

「どうしたの？」どうせスキーでケガでもしたんだろうと思って、あたしはたずねた。

フランキーは、顔をしかめた。「笑わない？」

「どうして笑うと思うの？」

「だって、おかしいんだもの。あのね、トイレの順番を待っているときだったの」

「えっ？」

「学校にいるときよ。ほら、あの例の冗談作戦の日。信じられる？　学校のトイレ、前から床がすべりやすかったの。だけどいくらなんでも、転んで骨を折るとは思ってなかったわ。パパなんか、かんかんになっちゃって。わかるでしょう？　学校を訴えるなんていいだしたのよ。最初はふつうの骨折だと思ってたんだけど、レントゲンをとったら異常が見つかって、ロンドンにある大きい整形外科に行くはめになっちゃったの。そのあといろいろ問題が発覚して、入院しなくちゃいけないってことになって、両親も病院の近くにあるロンドンの別荘に越してきたの」

ブラッドリー家って、ロンドンにも別荘をもってたんだ。ビックリしたけど、いまはそれどころじゃない。

「それはタイヘンだったね」あたしはいって、ハロー・ジャンプの本をイスと体のあいだにはさんで隠した。こんな危険なスポーツの話なんか、いまは出せない。

「車イス、どれくらい乗ってなきゃいけないの？」

　フランキーは、わからないと答えた。そして飲み物をたのんでから、治療の話をした。まず、放射線療法で脚の腫れをしずめて痛みをおさえた。それから手術をして金属板を埋めこみ、そのあと脚をまた動かせるようにするために理学療法でひどい目にあわされたという。いまでも理学療法は続けなくちゃいけなくて、ほかの骨を折るといけないから、これから数週間は出かけるときは車イスに乗らなきゃいけない。

「なんでそんなことまでしなくちゃいけないの？」どうせまた、ブラッドリー一族の過保護が始まったんだろう。

「さあね」フランキーはそれから話題を変えた。フランキー・ブラッドリーの話なんてもうたくさん、というふうに。そっちはどうなの、とフランキーはたずねた。わたしのことはもういいわ、いつも病気の話ばっかりなんだもの。

「何か変わったこと、あった？」フランキーはたずねた。「例の冗談事件はどうなったの？　結局何もきけなかったから……あの日、学校からもどってから、何があったの？」

あたしは、いろいろ報告した。フランキーとのつきあいを禁止された話もした。

「そっちのお母さんは？　なんていってた？」

フランキーは、顔をしかめた。「うちのママは、もうなんとも思ってないわ……少なくとも、口ではそういってる。だけどじっさいは、エクセター大聖堂の運命の日を、日付まで覚えているのよ。カリスのお母さんとふたりで、どちらの娘が悪いのか、ひどいけんかをしたから。ママったら、もうかんかんだったわ。兄たちが教えてくれたの。だけど、わたしにはひと言もいわない。たぶん、わたしの事故のことで頭がいっぱいになっちゃったのね。結局ＤＳＭＣＥも、娘の癌が骨に転移したことにくらべたら、たいしたことなかったんじゃないかしら」

「えっ？　何が何に転移？」あたしは、最後の言葉にさらにビックリしてたずねた。

フランキーは赤くなった。そんな話をするつもりはなかったらしい。ホントはいいたくなかったんだろう。あたしにはだまってるつもりだった。一瞬、あたしたちはだまったまま見つめ合っていた。それからあたしはイスの横にぱっと手をつっこんで、ハロー・ジャンプの本を引っぱりだした。

なんでそんなことをしたのか、自分でもさっぱりわからない。きまりが悪かったからかもしれない。ショックだったせいかも。まともに頭がまわってなかったのはたしかだ。でなかったら、骨の病気をもっている女の子に、最高に危険なスカイダイビングの本なんか渡すはずがない。

「これ、あげる」

「ありがとう」フランキーはいった。ほかにどうしたらいいか、わからないみたいに。

「きっと気に入ると思う。前からやりたがってたでしょ。これ、ぴったりだと思うよ。それに、実行可能だし。もちろん、よくなったらだけど。骨が治ったら。あたしが準備してあげるよ。いってくれれば、すぐになんとかするから」

癌についてわかったこと

なんとも恥ずかしくてくだらないことを口走ったあと、あたしは家に帰って、ネットで癌のことを調べた。見つけた数字によると、イギリスでは昨年、二十七万人が癌と診断されている。そのうち小児癌患者は千五百人で、その少ない割合（小児の人口が一千万人以上いることを考えると）のうち、亡くなるのは三百人で、そのうち男子は女子の二倍だ。

この数字は、喜んでいいはずだ。ブラッドリー一族の財力をもってすれば治療はいくらでも受けられるし、千五百人いる子どものうち、命を落とす小児癌の女の子百人のうちひとりにフランキーが入る確率は、かなり低いはずだ。

あたしはこの情報を、フランキーにメールしようかと思った。生きられる確率はかなり高いよって。だけど、だれも死ぬなんて話はしてないし、何もあたしがいう必要はない。しかも、もし計算がまちがってたら？　ただでさえ罪悪感のかたまりなのに、まちがった期待をいだかせたくない。

そのころ、あたしの心のなかでいちばん大きかったのは、罪悪感だった。フランキーが病気なのに、健康なことへの罪悪感。フランキーが車イスにしばりつけられているのに、自由に歩けることへの罪悪感。フランキーがまたしても学校へ行けなくなってるのに、学校へ行けることさえ罪悪感だった。しかもフランキーは、王立サウスハム病院に通って、また化学療法を受けなくちゃいけないのに。

いまでも思い出す。ある土曜日、あたしはそんな気持ちを引きずったまま、聖ペトロクス教会にむかった。この罪悪感を何か有意義なものに変えようと思って。入口のあたりに、砂が入った箱がおいてあり、そこにキャンドルを立ててお祈りを唱えられるようになっている。あたしは二十ペンス払うと、キャンドルを砂に立て、石の床にひざまずいた。お祈りをしたいけど、言葉が見つからない。外では強い風が教会の壁に吹きつけている。フランキーがその風にさらわれるところが目に浮かぶ。フランキーを守るものは、あたしの祈りとキャンドルのかすかな光だけだ。

「どうしてフランキーなんだろう？」あたしは考えた。「なんであたしじゃなくて？　どうして人生って、こんなに不公平なの？　若いうちに死ぬ人もいれば、長生きする人もいる。だいたい、どうしてみんな、死ななきゃいけないんだろう？　二十ペンスのキャンドルに、どんな力があるっていうの？　何かしたところで、変化は起きる？」

それがあたしにできる、もっともお祈りに近い行為だった。あのときは、あれが精いっぱいだった。あたしはひざまずいたまま、答えを待った。そして答えが返ってこないと、怒りがこみあげてきた。あのときはわからなかった。大切なのは、答えだけじゃないってことが。問いかけも、同じくらい大切だってことが。問いかければ、いろんなものごとが生き生きと動きだす。問いかけは、命を与えてくれるすばらしい方法だ。

たとえば、〝どうしてあたしじゃなくてフランキーなんだろう〟っていう問いかけ。そのときまであたしは無意識に、フランキーのほうがあたしよりずっと人間としてすばらしいと信じてた。あたしがもってないと思いこんでいた、生きる喜びをたくさん知っているから。だけど、人生はそのとおりにはいかなかった。楽しく生きていれば、いい人生を送れるわけではない。積極的で行動的な人が、考えているだけの人よりも大切なわけではない。

考えることだって、行動することに負けずに大切なはず。そして、想像をたくましくすることも、人生を楽しむひとつの形だ。行動的な女の子じゃなくても、世界を変えることはできる。だけど、あのときあの問いかけをしなかったら、そんなことにも気づかなかったかもしれない。そして、二十ペンスのキャンドルが教えてくれた。その炎のなかで、あたしにも価値があるんだってことを。

おもしろいことノート

あたしにもできたことのひとつに、〝おもしろいことノート〟があった。ある日の夜、川を渡ってフランキーに会いにいったあと、思いついた。フランキーは、化学療法の第二弾を受けている最中だった。フラミンゴ友だちが、学校のみんな、それこそ用務員さんからネコまで写っている写真を、立派な革表紙のアルバムに集めて送ってくれた。元気づけようとしてくれたんだろうけど、見せてくれたときのフランキーの表情からすると、元気いっぱいの女の子たちがいろんな競技大会で賞をもらったりきれいな髪の毛をはらったりしている写真は、期待どおりの効果を生んでないみたいだった。

それを見た直後、あたしはおもしろいことノートを思いついた。革のノートなんか買えないし、それどころか、使いかけでざらざらの紙の古いスクラップブックだけど、そこにあたしは、母親たちに送ったＤＳＭＣＥの手紙を貼った。あと、雑誌から切りぬいたお医者さん関係のおもしろい記事と、新聞にのっていたマンガと、思わず笑っちゃうようなことをしている人の写真も貼った。

つぎにフランキーに会いにいくとき、あたしはそのノートをもっていった。フランキーもおもしろいことを見つけたらつけたして、といって。このノートを交換して、どんどんおもしろいことを増やしていこう、と。フランキーは、いい考えねといった。じっさい、あとになっていっていた。治療がいちばんつらくて、ずっとこんなつらいことが続くような気がしたころ、このおもしろいことノートがたったひとつのライフラインのように思えた、って。

毎日フランキーは、自分の病気をちゃかしてノートに書きこめることがないかとさがしていたそうだ。そのうちどんどん限度がなくなっていって、かなりブラックなことを書くようになってきた。つるっぱげの頭を冗談にしたり、あるときは両手のない外科医の話を書いた。あたしは、そんなことで笑ってる自分がこわくなったりもした。

「だって、病気だなんて、ビョーキっぽいんだもの」フランキーは、ふざけた。

「だから、病気になっちゃったら、ほかにどうしようもないでしょう？」

たしかに。あたしはノートに、ダートマスじゅうの男の人がフランキーに恋する話をおもしろおかしく書いた。また治療を始めたといううわさが広まって、フランキーは〝わがままプリンセス〟ではなくなり、〝悲劇のプリンセス〟になっていたからだ。本人もけっこうこの冗談が気に入ったらしく、それからしばらくはプリンセス関連の冗談があたしたちのあいだで流行った。まるで、フランキーの想像力に火がついたみたいだった。たまに、待ちきれないみたいにメールで冗談を送ってくることさえあった。真夜中に電話をしてきて、ひとしきりおもしろいことをいい合ったりもした。

だけど、その笑いはいつ涙に変わってもおかしくないものだった。

「信じられないわ。どうしてわたしがこんな目にあわなくちゃいけないの？」フランキーは泣いた。「もう昔にはもどれないの？　どうして学校へ行っちゃいけないの？　なんで治療ばっかりしなきゃいけないの？　治療なんかしても、なんにも変わらないのに。わたしにはわかるの。もうやめたい」

ハロー・ジャンプ

ある土曜日の午後、あたしは街でディガーズ・ブラッドリーにばったり会った。そしてその日始まった友情は、きょうまで続いている。あたしが街をぶらぶらしていたら、ブラッドリー家の車のうち一台がすっと横にとまり、ディガーズが乗れよといった。知り合いの半分が、ブライオニーもふくめてたまたまその日はその通りにいたので、あたしに断れるはずはなかった。そのときまでは軽くあいさつする程度だったのに、あたしが助手席に乗りこむと、ディガーズはダートマリーナホテルに連れてってくれた。そして、あの有名な〈ワイルドファイア・ビストロ〉のヒーターつき傘の下でふたり分のお茶を注文してくれた。

ディゴリー・ブラッドリーがあたしのことを好きだといううわさが流れたけど、ほっといた。もちろん、そんなのは事実じゃない。あたしはディガーズからしたら、ただの子どもだった。ディガーズがあたしを車に乗せた理由はただひとつ、妹の話をしたいから。

どうやらだれかが（ディガーズは名前はいわなかった）妹にハロー・ジャンプの本を渡したらしく、しばらくほったらかしにしておいたのを読みはじめたら、自分もハロー・ジャンプをしたいといいだしたそうだ。それだけじゃなく、その本をくれた人がハロー・ジャンプをできるように準備してくれると思いこんでいるらしい。

ディガーズは、そういってあたしをじっと見つめた。あたしは、真っ赤になった。そういえばそんなことを口走っちゃったっけ。

「何がいいたいか、わかるだろうね？」

「よくなったらってつもりだったの。いますぐ、とかじゃなくて」

「相手はフランキーだぞ？　いったんいいだしたら、何があってもゆずらない。だから、知らせておいたほうがいいと思ってね」

どうしよう……ハロー・ジャンプなんて、じっさいにやるのはムリ。本を読めば、フランキーだってわかりそうなものなのに。

「ハロー・ジャンプの体験コースを申しこむには、スカイダイビングの経験が何百時間もあるエキスパートじゃなきゃいけないの。だいたい、スカイダイビングだって、健康体で両親の許可がなきゃできないし」

「じゃあ、フランキーにそう説明してくれ」

あたし、なんてことしちゃったんだろう？「あたしはただ、フランキーを元気づけたかっただけなの。少しは気がまぎれるかと思って。本気にするとは思わなくて」

「なら、電話がきたらそう説明すればいい。なぜなら、妹は電話をするつもりだからね。それも、すぐに。まあ、そういうことだ」

その夜さっそく、電話がきた。あたしは、ハロー・ジャンプの講習をしてくれる学校を調べろといわれた。「いま受けている化学療法が終わったらすぐ、申しこめるようにしておいてほしいの。もちろん、お金は払うわ。そのことなら心配いらないから。それに、いまのところ何かとネックになっている親たちのことも気にしなくていいわ。なんとかするから。それにうちのバカでネガティブな兄たちのことも、ハーバート先生のことも、賛成してくれないほかのどんな人のことも、気にしなくていいから」

フランキーがこうと決めたら動かないのは知ってたけど、ここまでなのははじめてだ。断ろうとしても、時間のムダ。でも、いちおう話してみなきゃ。

「あたし、ムリ。フランキーもムリだよ。あたし、できない」

「できるわよ。わたしはやれるわ。やらなくちゃ」

なんか、いやな予感がする。ディガーズがいってたように、フランキーはいったんいいだしたら人の意見をきかない。それがどんな結果を招くかも予想がつく。

「ハロー・ジャンプは、健康な人じゃないとできないんだよ」あたしは、深く息をすってからいった。「スカイダイビングの経験が何百時間もある人がするものなの。飛行機から飛びおりたこともない骨がもろくて病気の女の子がするようなことじゃないんだよ」

ほかにいいようがなかったので、あたしは思い切ってストレートにいってやった。そしてもちろん、フランキーはキレた。

「約束したじゃない！　もとはといえば、カリスが教えてくれたのよ。約束を破ったら、二度と口きかないからね！」

フランキーは本気だった。声に、鋼鉄の意思が感じられる。しかも、せっぱつまっているようでもあった。人生がかかってるみたいに。

「できればやりたいけど……」あたしは、なさけない声でぶつぶついった。「ホントだよ。でも……」

フランキーはそれから、あたしをばっさり切りすてた。二日後、おもしろいことノートが、〝にせものの元友だち（本人が自分のことだとわかるはず）へ〟という宛名でポストに届いた。なかを見ると、メモが入ってた。「あなたのことも、あなたのうじうじした態度も、もううんざり。このくだらないノートも、もううんざり。二度と送ってこないでちょうだい。ここにいる骨がもろくて病気の女の子は、二度とあなたの冗談なんかききたくないと思っているから」

あたしは、着ない服をしまってあるベッドの下の引きだしにノートをつっこんだ。ディガーズが、何があったかききつけて電話をしてきた。でも、なんのなぐさめにもならなかった。

「あたしなんか、役立たずだよ。フランキーに、にせものの元友だちっていわれちゃった。ホントそのとおり」

ディガーズは、バカなことをいうもんじゃないといった。

「きみはほんとうの友だちだよ。だれだって、それくらいわかる。前はきみのことをさんざん悪くいっていた母だってね。それに、元友だちなんかじゃない。妹がなんといおうと、いまでもきみは妹の友だちだ。たまに顔を出せば義務を果たしたと思っているような女の子たちとはちがう。あの子たちは、妹の機嫌が悪くてどなったら、二度と来なくなる。だけどきみなら、何があっても妹のそばにいてくれる。妹だってわかってるさ。口ではなんといっててもね」

ありがとう、ディガーズ！　感謝はしたけど、フランキーの態度は変わらなかった。連絡はとだえ、それからしばらく、ブラッドリー家であたしが話をするのはディガーズだけだった。フランキーのことで何か知らせておいたほうがいいことがあると、いつも会う約束をしてくれた。あたしたちはよく、〈ワイルドファイア・

ビストロ〉の外にすわって、コーヒーを飲んだ。みんなが上のお兄さんのほうを〝ゴージャス・ジョージ〟といってもてはやす理由が、あたしにはわからなかった。正直いって、いまでもわからない。

ディガーズは、フランキーを気むずかしくしているのは癌だと思っていた。フランキーがあんなことをいうのは病気のせいで、本気じゃないと。

だけど、あたしはそうは思わなかった。「何かが変わったんだよ」あたしはいった。「ほんとうのフランキーが、ちがう人になってきてるんだよ。フランキーが気むずかしくなってるんじゃなくて。内側で、何かが起きてるの。体のなかじゃなくて。心のなかでもなくて。フランキー自身のなかで。何かはわかんないけど」

Book 4

フランキーのために飛ぶ

あのときディガーズと話したことは、いまでもよく覚えてる。ずっと心にこびりついたままだ。そしてそのあと、夜になってから眠れなくて考えていたことも覚えてる。元気いっぱいの明るいひとりの女の子が、じつはあたしも気づいてたけど、自分は死ぬんじゃないかってこわがっている女の子に変わってしまったことを考えていた。フランキーの声のなかにあった、鋼鉄の意思のことを考えてた。内側で何かが起きたんだって感覚を。ほんとうのフランキーが、別の人に変わったことを。

飛ぶことにこだわってるのだって、死ぬんじゃないかっていう不安からくるものだ。心の奥底で、あたしは理解してた。フランキーは自分に、人生には乗りこえられないことなんかひとつもないってことを証明したいんだ。だけど、フランキーが闘ってるのは、死だ。ハロー・ジャンプなんかじゃなくて死が、フランキーをわけのわからないこだわりでいっぱいにしていた。

ああ、フランキーのために何かしてあげられたらいいのに。心をおだやかにしてあげられることを。だけど、人のためにできることと、できないことがある。じっさい、やろうと考えることさえ不可能なことがある。そして、死の恐怖をとりはらうことは、まちがいなくそのひとつだ。

というか、あたしはそう思っていた。

たしかその夜だったと思う。あたしはラジオをききながら、なんとか眠ろうとしてた。死にかかっている父親といっしょに山を登ろうとした人が、話をしていた。父親は体力が足りなくて最後まで登れず、息子に自分にかわって頂上まで行ってくれとたのむ。あたしはその話をきいて、すごく感動した。父親は、もう歳《とし》で体も弱ってたので引きかえすしかなかった。でも、少なくとも挑戦できた。だれも、ムリだとはいわなかった。だれも、じゃまをしなかった。あたしも、フランキーのじゃまをするのはまちがってる。

つぎの朝、目がさめたとき、フランキーを飛ばさなくちゃと思った。たとえ失敗に終わっても、努力はしなくちゃいけない。学校の休み時間、あたしはネットでハロー・ジャンプの講習を検索した。はじめのうちはハロー・ジャンプを教えてくれるスカイダイビングの学校はスペインとカリフォルニアにしかないように見えたけど、そのあとビックリする発見があった。デヴォン州南部のダートムーアのはずれにひとつある！

これはきっと、あたしがやってることが正しい証拠だ。あたしはフランキーのために、一日体験コースを申しこんだ。五時間の地上訓練のあと、インストラクターといっしょに少しだけ飛べるコースだ。ハロー・ジャンプではないけど、少なくともスタートは切れる。フランキーは十八歳以上で健康だということにしておいた。喘息もない。癲癇《てんかん》の発作もない。糖尿病もない。心臓病もなければ、最近手術もしてない！

フランキーの名前を入力してしまうと、あたしはフランキーに電話して、留守電に報告を残しておいた。最後までできるかどうかはわからない。しかも、化学療法が終わってもいない。だけど、その夜電話してきたフランキーは、そんなことはまったく心配してないみたいだった。

フランキーはすっかり舞いあがってて、ひどいことをしてごめんなさいといった。ずっと前からカリスならやってくれると思っていたのよ。カリスなら信用できるって。再び、あたしは親友にもどれた。

あたしが、お金はまだ払ってないというと、フランキーは、そこはなんとかするからと答えた。学校側に歳がバレたらめんどくさいことになるともいった。飛行場もかなり遠いから行くのだってひと苦労だよ。しかも両親や病院に見つからないわけがないよ。まだ週に二日は治療に通ってるんだから、と。

だけど、あたしが何をいっても、フランキーの決意はゆるがなかった。フランキーにいわせれば、すべてはもう決まったことだった。飛べるってことさえ決まれば、これから先の目標ができたし、治療だって耐えられる。これで、よくなるためにがんばれる。それが終点だ。そして、どちらも口には出さなかったけど、終点は死ぬことではない。

ところが、本番の三日前、準備も整ってお金も払いおわり、飛行場まで行く手はずも決まったのに、フランキーが治療で来られなくなった。もちろん、あたしはひそかにそうなることを期待してた。だけどじっさいそうなってみると、悲しくてたまらなかった。

「そっか、しかたないよ。こんなこともあると思ってたし」あたしは、フランキーが泣きながら具合がよくならないといってきたとき、そういった。フランキーがわかってなかったのは、あたしも泣いてたってことだ。

フランキーは傷ついていた。だけど、あたしだって自分がこんなに動揺するとは思ってなかった。もしフランキーに死の宣告がされたとしても、これほど心が乱れなかっただろう。何時間も眠れないまま、頭のなかではフランキーの言葉がずっとぐるぐるまわっていた。

「前向き思考なんて、もうたくさんだわ。ムリなことって、あるものなのよ。それが事実なんだから、わたしも認めなくちゃ。ムリなことに闘いを挑んだって勝てないわ。カリス、わたし、ほんとうにこわい」

明け方近く、気をまぎらわそうと思ってラジオをつけたら、死にかけている父親といっしょに山に登った人のインタビューの再放送が流れてきた。ラジオもあたしの頭といっしょで、同じことをくりかえしてばかりいる。その人は、父親がもう先へは進めないというとき、どうして自分が続けなければいけないのかわからなかった、といった。だけど、どういうわけか感じたそうだ。なんだか、最後までやりとげることで父親の健康をとりもどせるような気がした、と。父親が年老いて病気なのに、自分が若くて健康だから罪悪感をおぼえていただけかもしれない。それとも、死に直面するときだれもが感じる無力感から続けていただけかもしれない。

その瞬間、あたしはわかった。あたしがフランキーのかわりに飛ばなくちゃいけない、と。この勇気ある息子のように、あたしがフランキーのためにやらなくちゃ。飛ぶことへの恐怖に打ち勝たなくちゃいけない（ああ、あたしが飛ぶなんて考えられない）。フランキーが、死ぬことへの恐怖に打ち勝てるように。

インタビューが終わってもしばらく、あたしはベッドのなかで、その人がいったことを考えていた。フランキーのために飛ぶことなんて、死にかけた老人のために山を登ることに負けずにバカらしく見える。だけど、その人にとっては意味があることだ。だからあたしだって、意味をもたせることができるはず。朝がくると、あたしは気がかわらないうちにフランキーに電話した。フランキーのために飛ぶと話すと、沈黙が流れた。

「きいてる?」しばらくして、あたしはたずねた。

「本気なの?」フランキーの声は、ものすごく遠くからきこえてくるみたいだった。

「本気も本気。こんなに本気だったことはないよ」

「それなら、ありがとう。感謝するわ。ぜったいに忘れない」

それから二日間、あたしの頭は、やるといってしまったことへの恐怖でいっぱいだった。崖の上に立つのもいやな人間が、隠れ家にテラスをつくるために木に登るのにかなりの覚悟が必要な人間が、飛行機から飛びおりるなんて、こわいなんて言葉ではとてもすまない。

いよいよ本番という日、学校を休むのに仮病を使う必要さえなかった。ママは、青白い顔をしたあたしを見て、流行りの風邪だと決めつけた。そして、困ったことがあれば壁のむこうにおばあちゃんがいるからといって仕事に出かけていった。お水をたくさん飲んで寝てなさいといって。

ママが出かけるとすぐ、あたしは起きあがった。あと三十分で、フランキーがたのんだ運転手が来ることになってる。それまでに、学生証の学年を変えておかなくちゃいけない。学生証がダメだったときのために、ママが書いたことにする手紙もつくらなくちゃ。それから、十八歳以上に見えるように、ママの服を借りて、メイクをして、髪型もなんとかしなくちゃいけない。

だけど、そのうちどれも、まともにできなかった。ドアベルが鳴ったとき、あたしはヒサンな状態だった。学生証の文字はめちゃくちゃになり、ママの服はどれも合わなくて、メイクはまったくうまくできず、髪の毛はひどいありさまだった。

ディガーズは、目の前にいる思いがけない姿のあたしを見て、唖然としてた。あたしも、ディガーズを見て唖然としてた。「あなただったの」あたしはいった。「運転手って、ディガーズだったの」

ディガーズは顔をしかめた。「どうやら、ぼくたちふたりとも、フランキーにはさからえないらしい」

あたしたちは、おばあちゃんにきかれないようにそーっと家を出た。それから通りにとめてあったディガーズの車に乗ってから、これからどうなるか、あれこれ話した。きょうはたいへんな一日になりそうだってことで意見が一致した。だけど、夜になればほっとできるわけじゃない。おそくなって家に帰ってから、一日どこにいたか、なんて説明すればいいんだろう？

「ああ、あたし、なんてことしちゃったんだろう？」あたしはいった。

「ぼくたち、なんてことをしちゃったんだ？」ディガーズもいった。

「でも、飛ぶのはあたしだよ」

「いいや。それはちがう。きみは明らかに十八歳以上には見えないから、断られたらぼくが飛ばなくちゃいけない」

ディガーズは、ぶるっと震えた。前はブラッドリー家の男たちには不可能なんてないのかと思っていたけれど、ディガーズはたよりなさそうに見える。

「スカイダイビングに興味ある？」あたしはたずねた。

「興味？　こわいだけだよ。だが妹に、できなかったと報告することほどはこわくないな」
おしゃべりで時間をムダにしてしまったので、あたしたちは急いで町を出た。すでにおくれているのに、まだ道のりは長い。ディガーズは、まちがいなく運転がうまいとはいえなかった。ダートマスとトットネスのあいだの曲がりくねった長い道を走るあいだずっと、ディガーズは急な方向転換をくりかえしながら、ハンドルをにぎっているのを忘れてるみたいに何度もこちらをむいてあたしに話しかけてきた。

走りだしてすぐ、あたしは気持ちが悪くなった。ほとんどずっと、目を閉じていた。「あとどれくらい?」何度もたずねた。でも答えはいつも、「まだはるか先」だった。

バックファストリーで、ガソリンスタンドに寄った。ディガーズは、気分がどうであれサンドイッチでも食べて元気をつけろといいはった。それから、中央分離帯のある長い高速道路に入り、あたしはまた目を閉じた。そのうちやっと――ありがたいことに――車の数が少なくなってきた。目を開けると、背の高い木が両側にたちならぶ細い曲がりくねった道を走っていた。もうすぐダートムーアだ。木々の姿が消えて、何マイルもの広々とした荒野になった。

一車線の道なのに、ディガーズはスピードを出しつづけた。ほんとうなら景色がすばらしかったはずなのに残念。ダートムーアのはずれにある飛行場に続く道に出てやっと、車はスピードをゆるめた。

「思ったよりかからなかったな。三十分しかおくれてないぞ」ディガーズは勝ちほこっていった。

あたしは、思わずうめき声をあげた。生きてここまで来られてほっとしたのと、これからのことがこわかったから。道は急な土手のあいだを走り、ふいに目の前が開けて、目的地があらわれた。滑走路と、小さい飛行機が二台。

とうとう着いた。行く先に格納庫があって、そのまわりにパラシュートを装着したジャンプスーツを着た人が集まっている。丸太小屋みたいなお店や事務所がずらっと並び、軽食堂と、休憩所と、トイレがあった。

駐車場に行くと、すでに車はいっぱいだった。ほかの受講者たちは、もう到着している。あたしはディガーズをじっと見た。ディガーズもあたしをじっと見た。あたしは吐きそうになりながら、車をおりた。格納庫のほうに歩いていきながら、気づいた。あたしのかっこう、ヒドすぎる。これじゃ、ぜったいに十八歳に見えない。それどころか、初スカイダイビングにまじめにとりくもうとしている人には、とても見えない。

装備をかためた人がこちらに近づいてきた。ブーツも手袋もゴーグルも、明るいブルーのヘルメットもしている。その人はヘルメットの上にゴーグルを押しあげて、どうかしましたかとたずねた。一日体験コースに申しこんであると説明したけど、何をいわれるかはわかっていた。その人はあたしを上から下までながめた。思ってることが顔に書いてある。事務所に行って手続きをしてきてください、とその人はいった。そこで返金をしてもらえますから、と。あたしが飛べる見こみはなかった。ママが書いたことにした承諾書を見せても、変わりはない。もちろん、改ざんした学生証も役に立たない。その人は、見ようともしなかった。

あたしはどう見ても若すぎるし、どうすることもできない。ディガーズが、自分がかわりにやるといったけど、それも断られた。めちゃくちゃ恥ずかしかった。ほかの人たちはみんな手を止めて聞き耳を立てながら、勝ちほこった笑みを浮かべている。たまたまあたしたちより年上だってだけの理由で。

ディガーズのほうが、あたしよりもっと怒っていた。顔を真っ赤にしてどなった。「はるばるここまで来たのに、何もしないで帰れっていうのか？　そんな権利、あるのか？　どういう商売だ？　ありえない。ふざけるな！」

だけど、ディガーズがキレてもどうにもならなかった。学校には、ふさわしくないと思われる人を断る権利がある。ディガーズがいいたいことをぜんぶいいおわったあとには、ありがたいことに返金までしてもらえた。

結局、あたしたちはとぼとぼと車にもどった。ディガーズはエンジンをふかして、排気ガスをまきちらしながら車を出した。

「できれば、帰りはもっとゆっくり走ってくれる？」あたしはたのんでみた。

「ごめん。もっと早くいってくれればよかったのに。運転が荒いとは気づいてなかったよ」ディガーズはイラッとした口調でいった。

あたしたちはだまったまま、そしてわざとらしいくらいゆっくりした運転で、家に帰った。ディガーズは心のどこかで、飛ばなくてすんだことにほっとしていたはずだけど、顔には出さなかった。

あたしのほうは自分でも信じられないけれど、ほっとするどころか、がっかりしてた。ずっと、これでピンチは切りぬけたっていいきかせてたけど、空を見上げては、あの上はどうなってるんだろうって考えてた。もうちょっと歳が上だったら、それか、もうちょっと頭の回転が速ければ、いまごろはあの上にいられたかもしれない。世界には想像もつかないことがたくさんある。そして空の上の世界もそのひとつで、あたしはそれを見るチャンスをなくしてしまった。

だけど、サイアクだったのはフランキーに報告するときだった。少なくとも挑戦したことをほめてもらえると思ってたら、そうはいかなかった。帰る途中で電話がかかってきて、どうなってるかきかれた。そして何があったか——というか、何がなかったか——を話すと、フランキーはカンペキにキレた。

「もとから飛ぶつもりなんか、なかったんでしょう?」フランキーは、受話器のむこうでどなった。「何もかも、見せかけだけだったのよ。本気だったら、ちゃんと準備するもの。カリスって、そういう人だわ。いつも口ばっかりで行動がともなわないの。だから、いまさら驚くようなことでもないわね。わかっていたことだもの。最初から逃げるつもりだったのよ。思いどおりになってよかったわね」

ここにきて、ディガーズが電話をかわった。運転をしてるんだから、ホントならそんなことをしちゃいけない。だけどディガーズにとっては、自分の気持ちをちゃんと伝えることにくらべたら、ハンドルをにぎっていることなんか小さいことだった。「フランキー、おまえは自分が何をたのんだか、わかっているのか？　どんなにおまえのために努力したと思っているんだ？　一日、どれだけたいへんな思いをしたか。カリスもぼくも、どれだけ苦労してそれぞれの学校を休んだか。しかも、家のことだってあるんだぞ」

しまいにはディガーズは車を脇にとめ、おたがいをののしり合って、本格的なけんかを始めた。スカイダイビングの学校でバカにされたときにたまっていた気持ちが一気に爆発したみたいだった。もしかしたら、妹に対してずっとためこんでいた気持ちもあったのかもしれない。長いこと病気で、いつも問題と注目の中心でいた妹に。こればっかりは、わからない。

ダートマスに着くと、あたしたちはほとんど言葉もかわさないまま別れた。いったのは、あたしの「ありがとう」と、ディガーズの「じゃあ」だけだ。あたしは、おばあちゃんに気づかれずにベッドにもどり、ママとパパが帰ってくるまでに風邪らしい雰囲気をつくった。

だけどその夜、眠れないままフランキーがいったことを思いかえしてみた。もしかしたら、フランキーのいうとおりなのかもしれない。あたしは、飛ばなくてすむような状況を自分でつくったの？　そんなことはないと自分にいいきかせながらも、そうかもしれないという気がしてきた。もしかして無意識に、すべて計画のうちだったのかもしれない。

でも、ひとつだけたしかなことがある。あたしは、フランキーを失望させた。恐怖とか死とかいうものには打ち勝てるってことを証明しようとしたのに、正反対の結果になってしまった。

暗がりのなか、あたしは打ちのめされていた。やっぱり、人のためにできることとできないことがある。思っていたとおり。あたしには、なんの力もない。あたしは、ちっぽけだ。

だけど、あたしにもできることがあるはず。まだ、何かはわからないけれど。おかしなことに、それを教えてくれたのはジュディス・メイソンだった。

夜勤の看護師

スカイダイビング事件のあとしばらく、フランキーとあたしは、なんとなく避け合っていた。どちらもいいあらそいたくはないけど、完全に相手を信用できない。まだ友だちには変わりないけれど、あたしが夜中に川を渡って会いにいくとか、フランキーが朝早くに電話してきてヒミツを打ちあけるとか、そういうことは決してなかった。フランキーはよそよそしかったし、あたしにしても同じで、これをしたとかあれをしたとか、あたりさわりのないメールを交換するだけ。それ以上は、かかわらない。

そしてある土曜日、あたしはふいに、もうたくさんだという気持ちになって、フランキーに会いにいった。どうせミセス・ブラッドリーに追いかえされると思ってたら、なかに入れてくれたのでビックリした。いいかげん、あたしのことを誤解してたとわかったのかもしれない。ディガーズが話してくれたのかも。または、フランキーがあたしに会ってうれしそうなのがわかって、フランキーの気持ちを明るくする役に立つと思ったのかもしれない。

それからは、週末はほとんどフランキーのところに出かけていった。フランキーはお母さんといっしょに、テレビを観たり、本を読んだり、ちょっと料理を手伝ったり、テラスにすわって雑誌をめくったりしていた。あたしは、フランキーに心から同情した。化学療法はひと段落したのにまだ学校に通わせてもらえなくて、かなり退屈してる。あたしは心の底で、フランキーのお母さんとお父さんを非難した。すっかり過保護にして、あれをしちゃいけない、これをしちゃいけないと、なんでもかんでも禁止する。フランキーがイライラしてるとしたら、両親の責任であって、フランキーは悪くない。

だけどある日、ちがうふうに考えるようになった。その日は天気がすごく荒れていて、海からの風がものすごいいきおいだったので、ほんとうなら家を出るべきじゃなかった。あたしが着いたとき、フランキーはベッドにいた。ミセス・ブラッドリーにいわせると、〝オフをとっている〟日だった。ミセス・ブラッドリーはあがってちょうだいといいながらも、もしフランキーが眠っていたら起こさないほうがいいともいった。

二階に行くと、ブラインドがおりて、テレビが音を消したままついていた。フランキーは、目を見ひらいて天井を見つめていた。あたしに気づくと、何もいわずにテレビのボリュームをあげた。あたしたちは並んですわり、チャンネルをパチパチ変えた。

外は雨がはげしくて、横なぐりに屋敷に打ちつけていた。ブラインドのすきまから、稲妻が光るのも見える。でも、フランキーは気づいてない。うとうとしてて、あたしが帰ろうとしたときになって、やっと顔をあげた。

「バイバイ。来てくれてありがとう。なんか、ぼけっとしててごめんね。薬のせいなの」

あたしは下におりながら、薬ってなんだろうと考えていた。あたしのちっぽけな脳みそでは、化学療法が終わったということはつまりは回復したとばかり思ってた。ムリがあるのはわかってる。だけど、なにがなんでもという気持ちでいる人間は、なにがなんでもな考え方をするものだ。あたしは、なにがなんでも、フランキーは回復しつつあると思いたかった。

そろそろ帰りますというと、ミセス・ブラッドリーは天気が悪いからといってフェリー乗り場まで車で送ってくれた。薬のことをたずねたいけど、ほんとうのことをきく勇気がない。川に着くと、ものすごく荒れていて、フェリーはとうぶん休航だった。春のイースターのころなのに、真冬のようだ。

ブラッドリー城まで引きかえすと、ミセス・ブラッドリーが今夜は泊まっていったほうがいいといった。でもあたしは、たぶんムリですと答えた。ママは、フランキーとあたしがまたつきあってると知ったら発作を起こすだろう。だけどミセス・ブラッドリーがうちに電話をかけてくれると、ママは怒らなかった。電話をかわったときも、こんな天気の日に川を渡るなんてあぶないわよ、としかいわなかった。

その夜、あたしはお客用のベッドルームに案内された。アフリカ製の家具が、織物やら彫り物やら仮面やら、いっぱいおいてある。目玉のない顔に見おろされ、嵐の音も気になって、眠れない。しかも、廊下のむこうが騒がしい。明かりがついて、いろんな人が動きまわっている。一度、フランキーの叫び声がきこえた。あんまり悲しそうな声なので、あたしはベッドからぬけだして、何かできることはないかと見にいった。

ところがフランキーの部屋の前に来ると、あたしの出る幕じゃなかった。お母さんとお父さんがベッドの上におおいかぶさって、青い制服を着たほんものの看護師さんまでいて、せっせと飲み物や薬を用意したりしていた。

「こわくないわよ、だいじょうぶだから、安心して」看護師さんがささやく声がする。フランキーのお母さんとお父さんも――ヘッドライトに照らされてビックリしたシカのように目を見ひらいて――その声に合わせてうなずいていた。

あたしは、そっとその場を離れた。一瞬見えたフランキーの顔は、苦しそうでせっぱつまっていて、まったくちがう人みたいだった。つぎの朝、もう一度行ってみると、フランキーの部屋は空っぽだった。フランキーはバスルームにいるらしい。嵐は過ぎさって、お日さまの光がブラインドのすきまからさしこんでいる。バルコニーのドアが開いていたので、あたしはそっと外に出た。そこから川を見おろすと、雨のせいで水かさが増していた。自分でもビックリしたけど、あたしは泣いていた。きのうの夜はわざと見て見ないフリをしていたことを、朝になって知ってしまったような気分だった。

うしろで、だれかが――きっとフランキーだ――部屋のなかを歩く音がした。あたしは泣き声を押し殺そうとしたけど、その人がバルコニーのドアを通ってあたしの横に立った。めちゃくちゃ恥ずかしい。あたしは顔をそむけた。少なくとも、落ちつくまでは話しかけてこないだろう。すると、肩に手がおかれて、声がした。

「こわくないわよ、だいじょうぶだから、安心して」きのう、フランキーにかけていたのと同じ声だ。

夜勤の看護師さんだ。あたしは、青い制服を着たその人のほうをむいた。なんていったらいいか、わからない。すると、目の前にいたのは、ジュディス・メイソンだった。

ジュディス・メイソン。

「ジュディス！」

「カリス！　じゃあ、泊まっていった友だちというのは、あなただったのね。それは、たいへんな思いをしたわね。つらかったでしょう？　死とむき合うことは、決してラクではないから」

そのあと、ジュディスも仕事が終わったので、あたしたちはいっしょに川まで行った。フェリーがまた動きだしたので、ジュディスの車でいっしょに川を渡った。どちらも、さっきうっかりジュディスが口にした〝死〟という言葉には触れずにいた。でも、その言葉はあたしたちのあいだから消えてなくなりはしなかった。

「あたし、なんの役にも立たない気がする」あたしは、とうとう口を開いた。「あなたとはちがうから。看護師じゃないし。フランキーのお母さんでもお父さんでもないし。あたしにできることなんて、なんにもない」

ジュディスは、にっこりした。大きな目に同情があふれてる。ジュディスの目をちゃんと見たことなんて、一度もなかった。こんなにやさしい目をしていたなんて。危険を遠ざける灯台のようにきらめいているなんて。

「つまらないことをいうもんじゃないわ」ジュディスはいった。「あなたにできることなんて、いくらでもあるわよ。まず、ここにいるだけで、大切なことをしているのよ。フランキーの味方であり、友だちでいること。まだ、ほかにもあるわ。カリス、目を開いて世界をよくながめてごらんなさい。人生って、おもしろいことがたくさんあるのよ。希望なんてないように見えるかもしれないけれど、つぎに何が起きるかなんて、だれにもわからないの」

凧あげ

庭の手入れをする人にとって、四月は忙しい月だ。ジャガイモを植えつけなきゃいけないいし、ソラマメの芽が出てくるし、タマネギやレタスの収穫もある。温室では、プチトマトの苗が黄色い花を咲かせている。キュウリの苗には毎晩お水をやらなくちゃいけない。

それだけじゃない。芝生を何度も刈ったり、バラに肥料をやったり、スイセンとチューリップのしおれた花をつみとらなきゃいけない。冬のあいだに生えた雑草をつんで、夏草が出てくるスペースをつくらなきゃいけない。ケシやら、ルピナスやら、デルフィニウムやら、いろいろだ。

四月のあいだ、ジュディスはフランキーの看護に行かない時間はいつも、うちの庭で植物をよみがえらせていた。それと並行して、パパに庭の手入れのしかたを教えていた。ジュディスの指導で、パパはすっかり人が変わった。

「自分で植えた種が芽を出すのが見られるのは、すばらしい体験だな」パパがいいだしたので、みんなはビックリぎょうてんした。「ちょっとした奇跡だ。何をとっても、すばらしい。種が土と合わさって奇跡をつくりだす。土もすばらしい。命のにおいがする。なんと表現すればいいか、わからんよ。まったく、大昔、おやじが教えてくれようとしたときにジュディスがいてくれたら、庭をもっと大切にしていただろうにな」

ママは、パパがなんといおうと、おもしろくなさそうだった。そして連帯感から、あたしもそういう態度をとっていた。だけど、どうしたってジュディスに対する気持ちはやわらいだ。フランキーの看護をするところを見たあとでは、最初に思っていたようなヘンなガーデニングおばさんには見えなくなっていた。それに、うちの庭が〝美しいデヴォン州〟カレンダーの写真みたいになっていくのに、カリカリしているのはむずかしい。

夏がどんどん近づいてきて、きびしい冬なんかはるか昔のように感じられた。日がどんどん長くなり、空気があったかい。鳥が木々のあいだで歌い、カモメが煙突の通風管のなかに巣をつくった。おばあちゃんは庭に出て、日なたぼっこをした。ママまで誘われて外に出てきて、いっしょにくつろいだ。ただし、ジュディスがいないときにかぎって。

ダートマスじゅうが、あったかい日ざしに包まれていた。ブラッドリー城では、フランキーも日の光を浴びていた。あらゆる悪い予想を裏切って、フランキーは元気をとりもどしていた。あの嵐の夜にフランキーをとりまいていた暗い影は、どこかへ行ってしまったようだった。あのときジュディスが口にした「死」という言葉なんて、うそのようだった。癌さえも、夏のいきおいには負けてしまったようだった。

いまでも、あの日のことはよく覚えている。あたしがフランキーの家に行くと、ジョージが週末を過ごすために大学からガールフレンドを連れてもどってきていた。ディガーズも寄宿学校から帰って、ギターの練習をしていた。フランキーのお父さんは書斎でお気に入りのレーシングカーのエンジン音を録音したものをきいていたし、お母さんはキッチンにいた。フランキーはソファに寝そべって、雑誌をぱらぱらめくっていた。

こんな天気のいい日に家のなかにいるなんて、もったいない。ジュディスも同じことを思ったみたいに、家のなかをかけまわると、みんなに声をかけて外へ連れだした。お日さまがきらめいている。空は真っ青だ。そよ風が吹いている。それだけで、もう決まり。

爪あげをしよう。

あのすばらしい午後のことは、ぜったいに忘れられない。ジュディスはガレージで見つけてきた凧を、ずらっと芝生の上に並べた。フランキーは、白い大きな四角い凧を選んだ。うす紙でできてるので、日の光が透けて見える。お母さんは、バタフライという小さい凧を選んだ。お父さんはすぐに、イーグルという鷲みたいな大きい凧に決めた。ディガーズは、スーパーヒーロー——たぶん、スパイダーマンのつもりなんだと思う。あたしは、くるっと丸まったしっぽのあるドラゴンにした。そしてジョージはというと……いかにも〝ゴージャス・ジョージ〟らしく、赤いフェラーリ！

最初はみんな、コツがわからなくて、空中に浮かせられなかった。すぐにジュディスが仕切りだして、あたしたちにペアを組ませた。ひとりが凧のひもをもって風に背をむけて立ち、ひもを引っぱりながら走るあいだ、もうひとりが凧をちょうどいい位置でかたむけながらかかげてもつ。

まるで、飛行機がつぎつぎと離陸するのを見ているようだった。ふいに、風が凧をとらえ、どんどん空へと舞いあがっていく。ぜんぶの凧が一度に空にあがって、すごいなと思って見とれてたら、からまって一気に墜落してきたこともあった。

とにかく、何から何までめちゃくちゃ楽しかった。そのときは、あたしたちは自分がだれかを忘れてた。ジョージはガールフレンドの前でカッコつけなきゃいけないことを忘れてたし、フランキーはソファに寝そべっている気力しかないことも忘れてた。ジュディスは看護をしなきゃいけないことを忘れてたし、ディガーズとあたしが何を忘れてたかは忘れたけど、とにかく楽しかった。

いちばんすばらしかったのは、フランキーのお母さんとお父さんが、すっかり自分がだれかを忘れてたことだ。あのふたりがこんなふうにはしゃぐのを見るのは、はじめてだった。あの短いステキな午後だけは、ふたりとも、人に見られるのを意識したり、つくり笑いをしたりしなかった。芝生をかけまわり、凧を飛ばそうと夢中になって、はしゃいで笑ったり大声で叫んだりしながら、頭上に浮かぶ凧をながめていた。

いま目の前にいるふたりこそ、いろんなものをはぎとったあとのほんとうの姿なんだと、あたしは思った。ほかのみんなも、わかっていた。フランキーもジョージもディガーズも、ふいに自分の凧のことを忘れて、両親の姿をじっと見つめていた。

最後の凧が落ちてきたとき、何もかもがいつもどおりにもどった。凧は手がつけられないほどひどくからまってたけど、ブラッドリー家にはほどく心配をする人なんかいない。やってくれる人がいくらでもいるからだ。ジョージはガールフレンドといっしょに自分のベッドルームに引っこんでいった。フランキーのお母さんとお父さんも、いつものふたりにもどった。フランキーはまた雑誌をめくりはじめたし、ジュディスまでいなくなった。

残ったのは、あたしとディガーズだけだった。あたしたちは一瞬、凧をほどこうかと思ったけれど、めんどくさくなって庭の東屋《あずまや》に入っていった。

「少なくともきょうは、だれも命を危険にさらさずにすんだな」ディガーズは、スカイダイビング事件のことを思い出していった。

「学生証を改ざんすることもなかったしね」

「ああ。母親からの承諾書をねつ造しなくてもすんだ」

あたしたちは、ふたりして笑った。あのときあたしは、ディガーズに恋してもらえるような大人になりたいと願った。でも、そんなことを思った自分が恥ずかしくなり、窓の外に目をやった。ジュディスがまたあらわれて、からまった凧をほどこうとしている。

あたしは、ジュディスのことを考えた。きょうの午後のことは、ぜんぶジュディスのおかげだ。いろんなものを見た。笑った。いろんなことをした。あたしたちを外に連れだしたのは、ジュディスだ。凧を見つけて、飛ばし方を教えてくれたのもジュディス。考えてみたら、ジュディスはいつも命を吹きこむ。人にも、花にも、凧にも。
たぶんママは、ジュディスを誤解してるんだろう。たぶん、あたしも誤解してた。

題名のない詩

そのあと、あたしたちはいってみれば〝黄金時代〟を過ごした。日が長く、あったかくて、雲ひとつない天気が続いた。おもしろいことノートも復活して、あたしとフランキーのあいだを何往復もした。フランキーは、週に一回だけ学校にも行きはじめたし、あたしはブラッドリー城に自由に出入りしていた。

フランキーの両親の態度も、みるみる変わっていった。フランキーが病気になったばかりのころは、ばい菌を気にしてだれも家に入れなかった。だけどいまは、いろんな人たちがほとんど毎日のように訪れていた。フラミンゴ友だちや、ミセス・ブラッドリーの特別な友人だけじゃない。一度なんか、ジョン・ベップがいたこともあった。ピアノを弾きながら、母親たちが聖歌隊をやめる原因をつくった歌の数々をフランキーに歌ってきかせてた。またあるときは本気でビックリしたけど、うちのうるさくてダサい兄が、ディガーズにブルースギターの弾き方を教えてることもあった。

あのダモが……ありえない！

もっとビックリしたのは、ママがいたときだ。ママとミセス・ブラッドリーはおたがいに対する誤解をといて、また友だちづきあいをしようってことになったらしい。

とくに印象に残ってる日がある。みんなが、そこにいた。大集合だ。ママとミセス・ブラッドリーは、ランチをつくってた。ミスター・ブラッドリーは、よりによってうちのパパとテニスをしてた。ディガーズは、最近は学校にいるより家にいることのほうが多いみたいで、ダモといっしょにギターを弾いていた。ジョージは、芝生の上のガーデンベッドで、小麦色の肌にみがきをかけていた。フランキーとあたしは、小さい子どもにもどったみたいにヒナギクの花輪をつくっていた。近所の人まで、何人か遊びにきてた。

その日は、まるで魔法がかかったみたいにすばらしかった。ランチのあと、フランキーがお父さんにたのみこんで、キャッスルコーブまでボートで連れてっても

らった。フランキーは、ふたりのヒミツの場所だってことはいわずに、貝がらを拾うのにいちばんいいから、とだけいった。

あたしはずっと、ミスター・ブラッドリーがすぐに帰らないで隠れ家を見つけちゃうんじゃないかって心配してた。だけどフランキーがうまいこと話しておいてくれたらしく、ミスター・ブラッドリーはあたしたちを海岸に残してさっさと帰っていった。休憩用に折りたたみイスふたつと、小腹がすいたとき用におやつ入りのバスケットもおいていってくれた。

その午後は、何もかもが〝ポンティポンティ〟だった。すべてが、〝ニャランニャラン〟だった。この言葉を使うのはすごく久しぶりだけど、ほかではいいあらわせない。なんだか、外国暮らしを終えて家にもどってきたみたいな気がする。ずっと外国にいて、久しぶりに自分の国の言葉をしゃべったみたい。

しばらくして、フランキーはそこにあるいろんなものを手で触れながら歩きまわった。何かの儀式みたいな感じに、一度にひとつずつ、そっと手で触れる。ひとつ残らず、触れてまわった。あたしは、そんなフランキーをじっとながめていた。

ちょっとうつむきかげんに目を半分閉じて、まるで触れたものをひとつずつ心のなかにしまっているみたい。

ミスター・ブラッドリーがむかえにくるまで、あたしたちはチョコブラウニーを食べ、マンゴージュースで乾杯した。そのあとフランキーは、この前つくった詩を暗唱したいといいだした。あたしはビックリした。フランキーが詩に興味があるとは知らなかったから。フランキーは、興味なんかないけど言葉が勝手に出てきたの、といった。

「タイトルはないの。でも、あとでつけるわ。いい？　始めるわよ」

フランキーは目を閉じた。あたしは、入江のむこうの海をじっと見つめてた。頭上を飛んでいくミヤコドリの白黒の体がひらめく。波が海岸線ではじけてサラサラという音が、フランキーの声と重なる。

ここは、どんな場所？

わたしはもどれるの？

また緑の草の丘を飛べるの？
自由に飛んだり笑ったりする夢のなかで
雨みたいなのに目に見えない風に乗って
山に通せんぼされても
まだ自由でいられるの？
笑っているほんの短いあいだ
わたしは、ほんとうのわたし
これはただの夢？
それとも、まだほかにあるの？
わたしの知らないものが
うれしかったり悲しかったりするプレゼントが
玄関に届くように
人生は喜びと悲しみが
ときはなたれたり、もてあそばれたり

だけど所有することはできない
だって、夢はもう終わってしまったから
わたしは目がさめている
とき、すでにおそし

この詩をあとで読んだとき（よりによって、おもしろいことノートのいちばんうしろに書きとめてあった）、フランキーは結局タイトルをつけなかったんだな、と思った。どうしてそんな、どうでもいいことに気づいちゃうのかはわからない。それに、この詩を読んで何を感じたかもわからない。わかっているのは、あのときあたしは読んですぐにノートを閉じて、二度とこの詩のことは考えたくないと思ったってことだ。

キャンドル再び

そのあと、死がしのびよってきた。みんな、気づかないフリをしてたけど、死はいつもすぐそこにいて、ミセス・ブラッドリーのランチパーティに招いてもいないのにまぎれこんだお客みたいに、すみっこをうろうろしていた。

だけど、まさかその死を引きうける人がおばあちゃんになるとは思ってなかった。ある日、学校から帰ってくると、ただのいやな咳だと思っていたらじつは肺炎だとわかった。みんな、ひどくあわてた。しかも、いそいで入院させたのに、おばあちゃんは悪くなる一方だった。

あのころは、家のなかがすっかり静まりかえっていた。いつもならおばあちゃんがにぎやかにしていたぶんが、どこかへいってしまった。みんな、ぽっかり穴があいたように感じてた。おばあちゃんがいない生活なんて、考えられない。だれひとり、どうしたらいいか、何をいったらいいか、わからなかった。

おばあちゃんは、風の吹きすさぶ冬を切りぬけたのに、一週間の入院だけですっかり弱ってしまった。看護師さんたちは、病棟で感染がなくても、もともといつそのときがきてもおかしくなかったといった。まずは肺がやられて、つぎは心臓がダメになった、と。

何もかも、あっというまのできごとだった。もう決定的なのがわかると、ママが学校にむかえにきて、ダモも呼んで、病院へむかった。パパはもう病室にいて、おばあちゃんのベッドにおおいかぶさるようにしていた。そのときはもう、おばあちゃんは亡くなっていた。

お葬式は、思っていたよりずっと盛大だった。ジョンコックス家の人たちが昔をしのんでやってきて、キャンプのときに車を交換したシュロップシャー州の親せきの家族もかけつけた。いることさえ知らなかった親せきも、たくさん来た。

式が終わったあと、家のおばあちゃんがいた側に、ママがランチブッフェを用意した。あたしはサンドイッチやケーキを配るのを手伝いながら、知らなかったおばあちゃんの話をたくさん耳にした。おばあちゃんが赤ちゃんだったころの写真を貼ったボードが飾ってあった。家系図をもってきた人もいる。パソコンで写真のスライドショーが始まった。

みんなは帰るとき、ダートマスでよくいうように、おばあちゃんが——おばあちゃん世代の最後のひとりが——いなくなってしまった、これからはしっかり連絡をとりあっていこうと口々にいった。そのころには、パパもママもダモもあたしも、くたくただった。みょうな空気が家を包んでいた。パパはさっさとどこかへ行ってしまった。だれとも——あたしたちとさえ——わかち合いたくない思い出にひたるために。ママはぼーっとしたまま家のなかをうろつきまわって、これからはおばあちゃんがやってくることもいきなり壁をノックされることもないってことを自分にいいきかせようとしてるみたいだった。

めったにない連帯感で、ダモとあたしはママに、掃除はしておくからちょっと休んできたら、といった。だけど、最後のカップを洗いおえて最後のイスをもとにもどしてもまだ、みょうな空気は消えなかった。

フランキーと話したいけど、連絡がとれない。ケータイに電話してみても出ないし、家に電話をかけてもやっぱりだれも出ない。あとでもう一回かけてみると、ミセス・ブラッドリーが出て、フランキーは寝ているといわれた。きょうは治療の日だったから、と。

「治療って?」あたしはたずねた。もう治療は終わったのかとばかり思ってたから。

いま考えても、なんて返事をされたかは、正確に思い出せない。だけどそのあとあたしは、すっかりパニクって聖ペトロクス教会にむかった。黄金時代は終わった。あたしにも、それくらいはわかる。一月に灯した一本のキャンドルだけじゃ、足りなかったらしい。

その日の午後、あたしは丸々ひと束のキャンドルを灯した。砂の入った箱いっぱいに立てて、お金が足りないのもおかまいなしに。神さまだって、わかってくれるはず。緊急事態なんだから。キャンドルの明るくてあったかい光をたくさん浴びても、あたしの心は冷えきっていた。

いまにして思うと、フランキーの病気がどんなに深刻か気づくのに、よくもこんなに時間がかかったものだ。ジュディス・メイソンが思わず死という言葉を口にしたあの日からずっと、ほんとうのことを知っていたのに、わざと気づかないようにしていた。フランキーがあの詩を暗唱したときでさえ、あたしはその意味を理解することをこばんでいた。

あたしは床にひざまずき、ぼんやり宙を見つめながら、フランキーの骨のなかにある癌のことを考えていた。夏がきたからって、癌がいなくなったわけではなかった。そんなこと、もとからあるはずがない。いまは、どこにいるんだろう？ 大きくなった？ だとしたら、どれくらい？ だったら、治療になんの意味があるの？

何もかも解決したみたいにふるまってたなんて、バカみたい。フランキーのお母さんでも、ジュディス・メイソンでも、きいてみるチャンスなんていくらでもあった。だけどあたしは、一度も質問しなかった。そんな勇気はなかった。どうせ体のなかのことをきいてもわかりっこないし、と自分にいいきかせてた。だけどほんとうは、わかりたくなかったのだ。

そしてたぶん、フランキーもあたしにわかってほしくなかったんだろう。たぶん、詩という形で隠しているほうがラクだったんだろう。ハッキリと、いまでもやっぱり死ぬのがこわいと口に出すよりも。

「神さま」あたしは祈った。「フランキーの命を救ってください。死なせないでください。それから、あたしたちがおたがいに心を開けるようにしてください。もう隠しごとも、ヒミツも、フリもなくしたいんです。すべてをハッキリ見せてください」

このお祈りをしたのは、聖ペトロクス教会だけじゃない。神さまがちゃんときいてるかたしかめるように、あたしはダートマスじゅうで祈った。カトリック教会でも祈った。キングスウェアにある小さい聖公会でも、中心街にもどってきてセント・セイバーズ教会でも祈った。バプテスト教会でも、集会場でも、救世軍の伝道所でも、フィラデルフィア教会でも。

それから念のため、ダートマスの街灯の柱にもお祈りをたくして、フランキーのことを思いながらリボンを結びつけた。いまでもだれひとり、ダートマスのヒミツのリボン結びをしていたのがあたしだとは知らないだろう。あのリボンがお祈りだったとも。

そのうち、知っているかぎりの通りをぜんぶ歩きつくしてしまうと、キャッスルコーブ言葉を使ってお祈りを紙に書き、崖の割れ目の奥に埋めた。教会に神さまがいるのなら、崖や入江にもいるはずだから、おいておけばどこでも読んでくれるはずだと思って。

もちろん、そんなことをしたのは、神さまがほんとうにいるのを期待してたからだ。起きたできごとを目にしたり、人々の生活を守ったりしてくれる、愛にあふれた大きな存在だと期待してたから。神さまは、あたしの声をきいてくれるはずだ。こたえてくれるはず。神さまにはその力があるから。もしそうでなかったら、フランキーはどうなっちゃうの？

すべてをハッキリ見ること

フランキーの両親が娘にかかりっきりになっているあいだ、ディガーズは卒業試験をひかえていたし、ジョージも大学二年に進級できるかどうかが決まる試験を目の前にしていた。ふたりとも、バランスをとるのがむずかしかったはずだと思う。いまにして思うと、よくもこなしてたものだ。ふたりはほとんど毎週末、できるだけたくさんの時間を妹と過ごすために帰ってきたけど、いつも教科書やレポートがそばに積んであった。小論文を書かなきゃいけないし、専門の勉強もあるし、レポートの締め切りが迫っていた。

あのふたりには、ホントに同情する。フランキーも同じ気持ちだっただろう。ある日の午後、フランキーといっしょに二階のテラスにすわっていたことがあった。ディガーズが庭の東屋のドアを開けて、レポートを広げているのが見えた。ジョージは家のなかで窓を閉めきって、天気がいいことなんて知らないフリをしてた。

「ほんとうに不公平だわ」フランキーはいった。「ふたりとも、気の毒に。ふつうならこの家では、試験が何をおいても大切で、家族じゅうが協力するのよ。だけどいまではふたりとも、病気のあたしのせいで二の次にされているの。きっと、うんざりしていると思うわ。こんなことになってうんざりだし、注目をぜんぶ集めてしまうわたしにもうんざりのはずよ」

フランキーが、ブラッドリー城の生活が自分のせいでがらっと変わってしまったことを口にするのは、これがはじめてだった。だけど、変わったのは家族だけではなかった。家もすっかり変わっていた。においがちがう。見かけがちがう。みんなの使い方がちがう。前のように、ただ見せびらかすだけの立派な家ではなくて、いろんな機能をもった実用的な家になっていた。

たとえばそんな話をした二日後、あたしが遊びにくると、フランキーのベッドルームが下の階に移されていた。お掃除係りや庭師たちが、ミセス・ブラッドリーの指示のもと、フランキーの持ち物をぜんぶ下におろしていた。靴の最後の一足からテディベアのぬいぐるみまで。

「どうかしたんですか？」あたしはたずねた。

ミセス・ブラッドリーが、フランキーが自分の部屋にいる時間が増えたから部屋を移しているると説明した。

「このほうが、ずっと居心地がいいはずよ。〝お気楽ルーム〟をフランキーの部屋にすることにしたの。家の真ん中にあるから、いつも近くに家族がいるし、みんなが何をやっているかわかるでしょう？　しかもそうすれば、好きなときに庭に出たり入ったりできるのよ。階段とか廊下とか、よけいな障害物がなくなるの」

家族全員が、〝お気楽ルーム〟のほうがフランキーが前にいた部屋よりずっといいという意見だった。こぢんまりしてくつろげるし、日当たりもいい。ブラッドリー城の部屋はどこも、フツーならお気楽とは呼べないものだったけれど、どっしりした古い家具をどかしてフランキーの家具を運びこむと、たしかにそのとおりだった。フランキーとあたしは、何時間もかけて持ち物を整理した。ふたりとも、まだ片づいてないうちからくたくたになってしまった。ミセス・ブラッドリーが、きょうは泊まってらっしゃいといってくれた。

はじめて川を渡ってここに来てから、いろんなことが変わった。あのときは、あたしたちの友情はまだ人に知られちゃいけないヒミツだった。あたしはまだ、ミセス・ブラッドリーを皇太子に会わせようとしたとんでもない女の子――しかも、娘がカツラをはずしたおふざけに拍手して注目を集めた子――には変わりなかったけど、いまでは家族の一員みたいに受けいれてもらってる。

その夜は、アフリカの仮面がある客室じゃなくて、フランキーの部屋に折りたたみベッドをおいて寝てもいいといわれた。いっしょにテレビを観ているうちに、あたしは眠ってしまった。あとで目がさめると、テレビがまだついてた。フランキーは目をさましていて、パソコンに何やら打ちこんでいた。

あたしが目をさましたのに気づくと、フランキーは起こしちゃってごめんねといった。たしかテレビではクイズ番組が流れてて、銀色のスーツを着た司会者がニタニタ笑っていた。フランキーは、消したほうがいい？とたずねた。あたしがどっちでもいいよと答えると、フランキーはそのままにして、またキーボードをたたきはじめた。あたしは、そのようすをながめていたものの、うわの空で、そのうちうとうとしはじめた。するとフランキーがふいにベッドから出てきて、パソコンをこちらによこした。

「これ、読んで」

「えっ？」

「読んでみて」

それは、フランキーの遺言書だった。スクリーン上の文字を見つめているうちに、口のなかがカラカラになってきた。

「フランキー」心臓がバクバクいっている。「本気で読んでほしいの？」

フランキーはこちらを見ずに、いいから読んでとだけいった。ほかにどうすることもできなくて、あたしは読みはじめた。持ち物の項目では、ディガーズにパソコン、CD、DVD、ゲーム、時計を、ジョージにケータイ、iPod、本をゆずると書いてあった。メイク用品は（高価なものばかりだから大切に使ってという注意つきで）、フラミンゴ友だちのあいだで分けるように、とあった。あたしには、ずっと前にあげようとしたのにいらないといわれた服。お父さんには、銀の万年筆とロケット。お母さんには、そのほかのもの全部で、それには宝石類もあったから、売りたければ売って癌のチャリティに寄付してもいいと書いてあった。

ここまで読んで、あたしは先に進めなくなった。

「まだ終わってないわよ。その先も読んで」

あたしはフランキーをじっと見つめた。フランキーも見つめかえした。いくら、すべてをハッキリ見せてほしいとお祈りしたとはいえ、こんなのはちょっとムリ。

「読んで」フランキーはまたいった。あたしは、先を読みはじめた。ほかにどうしようもないから。

持ち物の行き先を決めてしまうと、つぎはお葬式について書いてあった。火葬にしてください。そして灰をキャッスルコーブにまいてください。棺には、シルバーの葉っぱがついた青いお花で、〝ニャランニャラン〟という言葉を書いてください。お葬式はおもしろおかしくやってください。みんなが笑ってくれなかったら、怒ります。おもしろいことノートのなかからジョークを読んでもらってもいいし、パパはわたしの詩を暗唱してください。

これ以上、ムリ。まだ先があるけど、あたしはパソコンを押しやった。言葉が見つからない。怒りの涙がこみあげてくる。こんなこと、あってはならない。とんでもない。ありえない。こうしてここにふたり、十代の女の子がいて、そのふたりがこんな話をするなんて、ぜったいにいけない。ヒドすぎる。

ふいに、すべてをハッキリ見るなんてもうたくさんという気になった。友だち同士で心を開くなんて、もういや。お祈りって、危険だ。じっくり考えてからお祈りしなきゃいけない。うっかりかなっちゃうといけないから。まちがったことをするくらいなら、何もしないほうがましだ。

アバブタウンにある家

そのころは、〝苦難の日々〟だった。フランキーのことだけでも心配だらけなのに、家のなかも問題が起きていた。おばあちゃんが亡くなって、だれも想像してなかったことがいろいろ起きた。まず、みんな、おばあちゃんがいなくてさみしかった（ものすごくさみしくて、それってなんだか意外だった。少なくともあたしには）。それに、家がやっと自分たちのものになった気がするかと思ったら、なんだかガランとしたみょうな感じだった。パパはしょっちゅういなくなって、隠れて泣いたりしてた。そんなパパを見たことがなかったから、あたしは動揺した。ダモはどんどん家に寄りつかなくなり、もういっしょに住んでないみたいだ。ママさえ、ずっと前からおばあちゃんと別にもっと広々と暮らすことを望んでいたのに、もう自分の家じゃなくなったみたいにぼんやりと歩きまわっていた。

お葬式のあと数週間、あたしたちはまだ、自分たちが使っていた側にかたまって暮らしていた。おばあちゃんの側へ行くドアは、ぴったり閉じたまま。まるでおばあちゃんの幽霊がとなりに住んでて、あたしたちを寄せつけないみたいだ。おばあちゃんのキッチンの窓の前を通りかかると、たしかにおばあちゃんの姿を見たような気がした。ガラスに光が反射しただけだとはわかっていたけれど。おばあちゃんがいつもすわっていたイスが空っぽなのを見ると、ナイフでぐさっと刺されたような感じがした。

なんだか、気味が悪かった。だれにもいわれないのに、おばあちゃんの側は立ち入り禁止になっていた。なんとなく、そうするのが自然に感じられた。だから、前からほしかったゆったりスペースをもらうかわりに、あたしたちは引っ越しの相談を始めた。

いいだしたのは、パパだった。てっきりママは売りたがっても、パパはこの家にこだわっていつまでも住みたがるとばかり思ってた。ところが意外なことに、その逆だった。

「もう涙は見たくない」パパはある日、ふいにいった。「こんなふうに、すみにかたまって、残り半分には入る権利もないみたいに暮らすのはもうたくさんだ。あたらしい出発を切らなくてはいけない」

どうやら、すでにいい話が舞いこんできたらしい。アバブタウンにある、パパの職場の上司のヘンリー・アスキューが休暇用に借りた家だった。その上司が、ふつうの人からしてみたらおもしろい物件をパパが相続したのを知って、家を交換しないかともちかけてきた。

「どういう意味？　交換って？」ママがたずねた。パパが上司の話をするといつも、おもしろくなさそうにふんっという。もらっている金額からして、信用できたもんじゃないといって。

「つまり、ぼくたちがアバブタウンの家を買って、ヘンリーがうちを買う」パパがいった。「この家は古くてかなりガタがきているが、昔の雰囲気が残っていて、ヘンリーはそこを気に入っているんだ。もちろんうちのほうが広いが、むこうの家のほうが現代的でかなりオシャレだ。しかも、アバブタウンにある。ダートマスでは高級住宅街のひとつだ。ながめもすばらしいしな」

パパは、もうどんな家か見てきたからわかる、といった。「悪くない話だと思うぞ。乗らない理由はない。少なくとも、個人的に取引をするから不動産業者に手数料をとられなくてすむ。みんなの意見が一致すれば、譲渡手続きをすませて、あっというまに引っ越せるぞ」

パパは大はしゃぎだったけど、ママは怒ってた。「ヘンリー・アスキューなんて信用できないわ。あなたの会社にいる上司のなかでもいちばんずるいと前から思っていたのよ。だれひとり信用できないけど、ヘンリー・アスキューは特別。あんな派手な車に乗ってヨットまでもってて、自分の昇進のことしか頭にないんだから」

ママはさらに、その家がある場所なら知ってるけどとんでもない、といった。地理的にはダートマスじゅうの家や川や海まで見おろせていいかもしれないけど、この家みたいな風情がないし、大きさだって半分もない、と。

「この家をいまの二倍の広さで使えるんだから、よけいだわ。ずっと前からこのときを待っていたのよ」ママはさらにいった。「ずっとせまいところに押しこめられて、ドアを開けはなって広々と使えたらどんなにいいかって夢見ていたのよ。なのに、あんなせまっくるしい家に引っ越すなんて、とんでもないわ！」

パパはあたしたちを、その家を見せに連れていった。でも、ママの意見はかわらなかった。あたしはすぐにその家が気に入ったけど、こわくていいだせなかった。中二階がある家で、広い窓からはお日さまがいっぱいさしこみ、床のオーク材はピカピカで、どの部屋からのながめもいい。こんな家を手ばなす人がいるなんて、信じられない。うちのほうが大きいかもしれないけど、こんなに日当たりがいいんだから。


ところが家に帰ると、再びはげしいバトルが始まった。ママは、景色はともかく、あの家にはいいところがほとんどないといった。

「ヘンリー・アスキューが何をたくらんでいるかくらい、わかっているわ。でも、わたしたちはだまされないわよ」

パパは、あの家は見かけよりも広いといいはった。ママは、趣味の悪い家だといった。パパは、ママがわからないだけだといった。

ママは、そういわれてキレた。パパが、ママは変化を受けいれたくないだけだと追いうちをかけたものだから、よけいかんかんになった。「きみには冒険心というものがない」パパはいった。

　ママはいいかえした。「よくもそんなことがいえたわね。母親と離れて暮らしたことのない人間が。冒険心？　あなたはだまされてるのよ。わからないの？」

　パパは、だまされているどころか、自分はあの家を高く評価しているし、この取引はうちに有利だと確信しているといった。「損はぜったいにしないし、ぼくはふだんから金の管理はきっちりしているから、信用できるはずだ。アバブタウンの家を買うのは、銀行に金を預けるようなものだよ」

　ママは笑いとばした。あんまり感じがいいとはいえない笑い声だ。「アバブタウンの家には庭もないわよ。あなた、がまんできるの？　もちろん、あなたのお仲間のジュディス・メイソンのことだってあるし」

「たちの悪いことをいうもんじゃない」パパはいった。

「たちが悪くなんかないわよ。現実的なことをいっているの。だれかが現実的にならなきゃ。だって、あなたが考えてもみないことがたくさんあるのよ。庭は、そのひとつにすぎないわ。たとえば、ベッドルームがあれしかなかったら、みんなが眠れないわよ」

そのときになって、ずっとだまっていたダモが口を開いた。プリマスで仕事をしてみないかって誘われたから受けることにした、と。もうダートマスはたくさんだ。正直、こんな家族もたくさんだよ、と。

「そんなのムリよ。ひとり暮らしなんて」ママはいった。

「ひとりじゃねぇし。カノジョと住むんだ」

「だれとですって？」

「カノジョといっしょに暮らすっていってるんだよ」ダモは、それ以上その話はしようとしないで、アバブタウンの家（ところで、オレは気に入ってるぜ）のベッドルームの数が足りないことは問題にはならないとだけいった。

ママは動揺してるようだったけど、パパはうれしそうにさえ見えた。そして、腕を組んでいった。「そうか。なら、そうするんだな」まるで、これで話し合いはおしまい、とでもいうふうに。でも、それがまちがいだった。ママは、長男が知らない女と遠くに行ってしまうというのによくも平気でいられるわね、とつめよった。それもこれもぜんぶ、あなたが悪いのよ、と。

ママはパパと何日も口をきかなかった。ダモはなんとかママをなだめようとしてた。どっちにしてもいい歳だからひとりで住みたかったんだ、と。だけどママは納得しなかった。世界がどんどん変わってしまって、それがダモの責任になっていた。


あたしは、よりによってジュディス・メイソンと、この話をした。世界がどんどん変わるという話だ。ママとパパの話じゃない。人の家の庭を勝手に乗っとったんだからジュディスにも責任があると思うけど、聞き上手なことは否定できない。ジュディスは、まだこっちが口にしてもいないことを理解して、きいてもいない質問に答えてくれる。

だから、世界がどんどん変わってしまうのがなんだかいやだって話をしたとき、ジュディスはあたしが何をいいたいか、ちゃんとわかってくれた。

「どうしたらいいか、途方に暮れちゃう感じ」あたしはいった。「自分の力ではどうにもできないことばっかりで。しかもぜんぶ、閉まったドアのむこうで起きてるの。何もかも、ヒミツなの」

ジュディスは、悲しそうに笑った。すべてをわかっているみたいに、扉を開くことはいいことだけど、ときにはヒミツも必要だといった。ヒミツがあると人は安心できるから、って。

「どういう意味？」あたしは、フランキーのことを考えていた。たぶんジュディスも同じだと思った。いまにして思うと、ハッキリとはわからないけど。

「ヒミツは、変わっていく世界のなかで生きるための手段になってくれることがあるの。流されずにいるための方法を教えてくれるのね」

むずかしくて、よくわからない。あたしは、真実をしっかり理解したいとかなんとかいった。するとジュディスは、真実というのはあつかい方がむずかしいといった。人がちがえば意味もちがってくるし、その先に何があるかは決してわからないから、と。

ジュディスにそういわれて、震えが走った。あたしは何もかもハッキリ見たいフりをしてたけど、いざ見せられたら全力で逃げている。フランキーはあたしに伝えたいことがあるのに、その方法がわからないでいる。たぶんあたしたちは、表面をつくろうことで友だちづきあいを続けていた。遠まわしな話ばかりして、何も悪いことなんかないみたいにふるまって、なんとかやってきたんだろう。

ジュディスにそういうと、そうかもしれないわねといわれた。こんな話をするとは、夢にも思わなかった。どこで話したかも、正確に覚えてる。庭の、ベニバナインゲンとエンドウの支柱のあいだ。ふいに、いままでどうしてもきけなかったフランキーの病気のことをきく勇気が出てきた。ジュディスは、できるだけちゃんと説明してくれた。癌はどんどん進行してて、もう手のほどこしようがない。気分の悪い日もいい日もあるし、痛みをやわらげる薬もある。生活しやすくするためには、いろんな選択肢がある。

「癌の治療法は、ものすごく進歩してきたのよ。だけど、最終段階は何をしても効果はないの」

「奇跡だけ」あたしはいった。

ジュディスは顔をしかめた。「この段階にくると、いちばん必要な奇跡は、フランキーが心の平和を見つけることね。ほんとうに必要なのは、受けいれる方法を見つけることなの。あなたにしても、同じことよ。友だちのために闘うことも、前向きに考えることも大切だわ。だけど、避けられないことを認めるのも大切なの。ここで、最初の話にもどるのね。変化よ。この世界はどんどん変化してる。そして、それが気に入らないこともある。だけど、変化に合わせて生きていかなくちゃいけない。ほかにできることなんか、ないもの」

ママの決心

その会話をしてまもなく、フランキーは血液中のカルシウム量を調べるために二、三日入院した。あっというまにダートマスじゅうに、フランキーが死ぬんじゃないかといううわさが広まって、いろんな人があたしにフランキーのことをききにきた。

あたしたちが友だちなのはなんとなくヒミツだと思ってたら、ちがってたらしい。いきなり有名人にされて、あたしはぞっとした。みんな、フランキーに同情してるだけじゃなかった。ホントにビックリだけど、あたしも同情されてた。ブライオニーまで。とつぜん（思い出すだけでうんざりだけど）、ブライオニーはあたしと仲よくなろうとして近づいてきた。

その週末はフランキーが入院してて、あたしはブライオニーにむりやりダート川上流の町トットネスに買い物に連れだされた。行きたくなかったのに、ママがいいじゃないといって、車まで出してあたしたちを送ってくれた。あたしたちは何時間も、小さな通りをぶらついたり、市場をながめたりしながら、いろんなものを手にとったり、好きでもない音楽をきいたりした。その日の目的はブライオニーによると、あたしが悩みごとを忘れることだ。それなのに、ブラッドリー家の話をするのはやめられないらしい。

ブライオニーは、あらゆることをきいてきた。フランキーのことだけじゃなく、両親や、もちろんお兄さんたちのことも。あとは、家のこと。ヤシの木の小道があるってうわさにきいたけど、ホント？　プールがないっていってたけど、それってどーゆーこと？　ダートマスの人ならみんな、ブラッドリー城にはプールがあるって知ってるのに。あと、テニスコートは？　そこでテニスしたことある？　乗馬したことは？　そうそう、景色はどうなの？　みんながいってるみたいに、そんなにスゴいワケ？

あたしはトットネスをぶらつきながら、フランキーのいない生活を想像した。友だちといえば、ブライオニーみたいな子しかいない生活。考えただけでぞっとする。しかも、あたしと友だちになりたがるのは、死んだ子と友だちだったからってだけの理由なんて。

家には、バスで帰った。あたしはすっかりへこんでた。しかもママが、あたしたちをトットネスに送ってからあたしが帰るまでのあいだ、ずっとパパと引っ越しのことでけんかをしてたとわかった。結局、パパは怒って出かけていき、ダモは――けんかのあいだ、ほとんどじっとすわってたらしい――「ムリもねえな。はやくプリマスに引っ越したいぜ。じっさい待ちきれないよ」といった。

パパは出かけたきり何時間ももどってこなくて、家のなかにはサイアクの空気が流れていた。いざ帰ってきても、みょうな態度をとって、口をきこうとしない。あたしは自分の部屋に閉じこもった。そして、だれのせいにしたらいいかわからないので、神さまに怒りをぶつけた。できるだけやったのに！　できるだけのことはした。お祈りもしたし、リボンを街灯に結んだし、すべてをハッキリ見て真実とむき合おうともした。だけど、その結果は？　どうして人生って、いやなことばかり起きるの？

ふつうの人に対して怒るのは、けっこうめんどくさい。毎日顔を合わせる人となれば、もっとたいへんだ。神さまなら目に見えないし、触れないし、ほんとうにいるかどうかもわからない。だけど神さまが相手だと、十倍も始末が悪い。ぶつ相手もいない。責める相手もいない。ヒドい言葉で傷つける相手もいない。自分が傷つくだけだ。

あたしはそれから、何日も怒りつづけた。フランキーがカルシウム量をはかりおえて退院してきたけど、会いにいく気になれない。電話がかかってきても、適当に流した。いろいろ忙しいことにして、あした行くねといっては、先のばしにした。

ジュディスの話だと、フランキーはあたしに会えなくてさみしがっているらしい。だけど、明るいフリができないとわかってて、どうして顔を合わせられる？ジュディスは、避けられないことは受けいれなきゃいけないといった。でも、そんなのムリだ。あたしは、ひたすら頭にきていた。いまは怒っていたかった。

その間、フランキーはずいぶん調子がよくなっていた。病院に行ったおかげで回復したときいて、あたしもうれしかった。両親に連れられてボートに乗ったこともあった。また、買い物に連れていってもらうこともあった。ある日の午後なんか、森のなかを馬で走ったりもした。

ジュディスが、うれしくてたまらないという顔であたしにその話をしてくれた。すばらしいわ。フランキーが馬にまたがっている姿がまた見られるなんて。フランキーも楽しそうだったわよ。フランキーの看護がジュディスにとってただの仕事じゃないのは、見ててわかった。だれもが、最高の看護師がついてくれたといっていたし、たしかにそうだった。

ママまで、認めていた。あるときブラッドリー家に行って帰ってきたあとで、ママはいった。なんだかおかしいんだけど、フランキーの世話をしているジュディスを見ていたら、うちの庭にいるところを思い出したわ、と。

「細かい気配りなのね。どんなささいなことも見逃さないの。どんな小さなことも、大切にしているの。フランキーも花が開くように生き生きとしているけれど、どうしてだか、わかるわ。こんなことはいいたくないけれど、ジュディス・メイソンのことを誤解していたみたいね。よくよく考えてみたの。早とちりをしていたわ。アバブタウンの家のことだって、そう。あの家のことも、ジュディスのことも、まちがっていたわ。ジュディスは、愛にあふれた心やさしい人なのね」

言葉遊び

つぎの日の放課後、あたしはフランキーに会いにいき、しばらく来られなくてごめんね、といった。フランキーは庭のガーデンベッドに寝ていた。学校の教科書があたりに散らばっていたけど、読んでいたようすはない。あたしたちは夕方まで庭にいた。コウモリが庭を飛びまわりはじめたので、あたしは最終のフェリーに乗って帰った。

またフランキーに会えて、うれしかった。怒りが消えたのもよかった。だけど、不思議なさみしさがつきまとっていて、どうしてもふりはらえない。

それからはほとんど毎日、フランキーのところに行った。フランキーが寝ているのですぐに帰ることもあったけど、前みたいに明るいときもあって、いっしょにいろんなことをして遊んだ。フランキーにはもう体力はあまり残っていないようだけど、その範囲でできるだけのことをした。並んですわって、港をボートが出入りするのをながめた。キャッスルコーブにいるつもりになって、だれもそばにいないときは、例のヒミツの言葉で話した。

たまに、ヒミツの言葉で冗談を考えて、おもしろいことノートに書いたりもした。フランキーは、おもしろい冗談は詩に負けない価値があるといった。フランキーはすっかり詩にくわしくなっていた。あのとき海岸で暗唱した詩は、そのあとたくさん書いた詩の最初のひとつとなっていた。

あのとき、とても驚いたのを覚えている。フランキーはできることが少なくなっているのに、かわりにあたらしい能力を身につけていた。「フランキーが詩人になるなんて、だれも想像しなかっただろうね」あたしはいった。

「わたしが書いているのは、詩とはいえないと思うわ。ただ、言葉遊びをしているだけよ」

「詩って、言葉遊びじゃないの？　謙遜しなくていいよ。フランキーは、近い将来ダートマスを代表する有名な詩人になるよ」

フランキーは笑って、話題を変えた。「トランプしましょうよ」あたしたちは、シットヘッドをした。ダモからおそわったゲームで、あたしの得意だったから、フランキーに大勝ちした。それからフランキーが、ラミーというゲームを教えてくれたけど、それもあたしが勝った。

「ふつうは、か弱い病気の女の子に何回かは勝たせてくれるものよ」フランキーは文句をいった。

「か弱い病気の女の子？　それ、だれのこと？」

ある日の午後、あたしが部屋に行くと、フランキーのベッドに酸素ボンベが設置されていた。ほかにもいろいろ機械があるけど、だれも説明してくれない。フランキーも何もいわなかったので、あたしもだまってた。それからは、フランキーが酸素マスクをつけていても、あたしたちはなんてことないみたいにテレビを観た。点滴をしているときもあったけど、それでも点滴といっしょに歩きまわって、そのことには触れなかった。

何もかも、ふつうの生活の一部みたいに思えてきた。もちろん、そんなはずがないのはわかっている。だけど、慣れってすごいなと思う。

第三次大戦

記憶のなかでも、ある一日のことが、特別くっきりと心に刻まれている。始まりはまったくふつうだった。ブラッドリー城に行ってテレビを観てるうちに、フランキーが眠ってしまったので、ミスター・ブラッドリーがフェリー乗り場まで車で送ってくれるといった。それって、かなりめずらしいことだ。

あたしは歩いて帰れますといったけど、ミスター・ブラッドリーがどうしても送るといった。そして車のなかでふいに、娘と仲よくしてくれてどんなに感謝しているか、といいだした。あたしはてれくさくなった。ミスター・ブラッドリーもそうだったらしく、声がぎこちなく引っくりかえっていた。一瞬あたしは、ミスター・ブラッドリーが泣くのをがまんしてるんじゃないかと思った。

「別に何もしてませんから。ホントに、感謝なんかしなくていいです」

ミスター・ブラッドリーは、にっこりした。きみはもっと自分を高く評価すべきだ、といって。「ぼくたちみんな、きみはすばらしい宝だと思っているんだよ。妻も、ジョージも、ディゴリーも。みんな同じ気持ちだ。きみに知っていてほしくてね」

あたしは家に帰ると、真っ先にママにこの話をした。ママはキッチンにいて、せっせと夕食のしたくをしたり、一週間分のアイロンをかけたりしていた。「カリス、それはすごいわね」とかなんとかいってたけど、たいしてきいてないのがわかる。いつのまにか、空っぽのバスケットをあたしに押しつけてきたくらいだから。そして、かわいた洗たく物をとりこんでおいて、といった。

「あ、それから、パパを呼んできてちょうだい。そのあたりにいるはずよ。そろそろ夕食の時間だから」

あたしは、ちょっとしゅんとしたまま庭に行った。洗たく物のロープは、ゲッケイジュのしげみの裏にかかってる。あたしは、ブタ小屋の横を通って近道した。そして、そこでパパを見つけた。

ジュディス・メイソンとキスをしているところを。

ていうか、キスだけじゃない。いちゃついているといったほうが当たってる。そしてジュディス・メイソンも、パパにからみつくようにしてた。ブタ小屋に体を押しつけて、ふたりはいちゃいちゃしていた。パパの手はジュディスのTシャツのなかに入っていたし、ジュディスはパパの髪をもみくちゃにしながらキスをしていた。

あたしは、洗濯カゴを落とした。ふたりとも、気づいてなかったけど。うそ……どうしよう……うそ……あたしは思った。とっさに感じたのは、恥ずかしさだった。まるで、こっちが見つかったみたいに。つぎに頭に浮かんだのは、ママのことだ。もしママに見られたら、たいへんなことになる。

あたしはとっさにうしろをむいて、ママがまだキッチンにいるかどうかたしかめた。そのとき、ダモがやってきた。どこからあらわれたのかはわからない。だけど気づいたらすぐうしろにいて、ダモもパパとジュディスを見てしまった。そして、第三次大戦が始まった。

なんたって、ぺらぺらダモだ。おさえられるはずがない。ダモはとんでもない大声をあげた。ママが、事故でもあったのかと思って家から飛びだしてくる。ママがこっちに走ってきたとき、パパとジュディス・メイソンは、電気ショックが走ったみたいにぱっと離れた。

だけど、おそかった。ママは来る途中で、すでに目撃してた。

これがドラマだったら、最高に盛りあがるところだ。思い出しているいまも、スポットライトが当たっているのが見える気がする。だけどそのときは、血を見たとしかいいようがなかった。ミサイルがターゲットに命中するように、ママは一気に爆発した。だれも、ママを止められない。

もちろん、みんなでできるかぎりのことはした。ダモがママをつかんで、なんとか押しとどめようとした。パパはママにかけよって、必死で説明しようとした。だけどママはパパにつかみかかって、泣きさけびながらぶったたいた。パパをめった打ちにして、ジュディスもぶちのめした。ジュディスも、必死で説明しようとしてたけど。

もちろん、ジュディスが何をいおうとムダに決まってる。だって、見たとおりだし！　だいたい、後悔してるかどうかなんて、どうだっていい。そんなつもりじゃなかったから、どうだっていうの？　ふたりともそんなつもりじゃなかったって、それがなんなの？

「このうすぎたないブタ！」ママはパパにむかって叫んだ。「このメギツネ！」ジュディスにむかっても叫んだ。ママの顔は真っ赤だった。頭から湯気が出てるのが見えるみたいだった。

パパとダモがママをかかえるようにしてキッチンに連れていき、ドアをバタンと閉めた。パパは泣いてたし、あたしも泣いてた。ジュディスはあたしにちらっと目をやると、逃げていった。キッチンのドアのむこうから、ダモがジュディスをどろぼう呼ばわりしてののしる声がきこえる。ママはパパを、裏切り者と責めている。あたしは、だれの顔も見られなかった。つぎに何が起きるかなんて、知りたくない。ママがパパをとことんののしるのも、パパがうじうじ自分を責めるのも、ききたくない。

あたしはおばあちゃんがいた側へ行って、その日はずっと、そのままそこにいた。夕食も食べないで、おばあちゃんのイスにすわってテレビを観てた。おばあちゃんのイスにすわってると少しはなぐさめられるみたいに。しかも、おばあちゃんのベッドで寝た。ほとんど夜通しで、ママとパパがいいあらそう声が壁づたいにきこえてた。目がさめるたび、まだけんかが続いてた。

だけどつぎの朝、学校用のかばんをとって着がえにいくと、みょうな沈黙がただよっていた。ママとパパがキッチンのテーブルの前で、何もいわずにすわってる。ダモはドアに寄りかかって、出かけようか残ろうか決めかねているみたいに見える。

あたしは、ダモのとなりに行った。するとダモが、あたしの肩に腕をまわしてきた。ああ、ダモ！　パパは、家族で話し合う必要があるといった。あたしは、意味がわかんないよ、といった。するとパパが、家族を愛してるといったので、とてもそうとは思えない行動だけど、といってやった。

「すまない」パパは、打ちのめされたような顔をしてた。「信じてくれ、心からすまないと思っている。だが、思うようにいかないこともある。うまく説明できないが。何かがちがうような気がするんだ。親が死ぬ。言い訳するつもりはないが、いろんなことがごちゃごちゃになってしまう。話し合いが思ってもみない方向に行ってしまう。そういうことが、残念ながら起きるんだ。気づいたら、してはならないことをしている。だが、だからといって、正当化はできない」

正当化なんてしてほしくない。パパは、ママもいってたように、裏切り者だ。出ていって二度と帰ってきてほしくない。あたしは自分にそういいきかせた。

「ママと別れるの？」答えがイエスでありますように。

「まさか。ちがう」パパはいった。

ママのほうを見ると、首を横にふっていた。どういう意味かはわからない。パパは立ちあがって、あたしに一歩近づいた。あたしはとっさに、ダモのうしろに隠れた。パパはすぐにまたすわった。あたしはパパをにらみつけた。これからはパパを見るたびに、ジュディス・メイソンがまとわりついているところを思い出しちゃうだろう。パパなんか、大嫌い。だけど、ジュディス・メイソンへの憎しみとはくらべものにならない。パパは裏切り者かもしれないけど、ジュディスのほうがもっと悪い。

「殺してやりたいくらい」あたしはいった。

だれも、だれのことかはきかなかった。パパは顔を真っ赤にして、ぜんぶ自分が悪いといった。ジュディスのせいじゃない、と。「ジュディスもいま、たいへんな時期なんだ。フランキー・ブラッドリーのこともあるし、弟が離婚してジュディスがいっしょに住むしかなくて」

「弟って?」ママがきいた。

「きみがいた聖歌隊の指揮者だよ。ジョン・ベップだ」

「だって、愛人じゃないの? みんな、そういっているわよ」

「ああ、みんなは誤解してる。ジョン・ベップはジュディスの実の弟だ」

あたしはママをちらっと見た。ホントなの? ママは何もいわずに、小さく肩をすくめた。だからって何も変わらない、というふうに。パパは、まるでそれで罪が軽くなるみたいに、ジュディスの話を続けた。「彼女もぼくたちと同じで、なんとか困難に立ちむかおうとしていたんだ。そしてたまたま、ぼくが落ちこんでいるときにそこにいた。もちろん、深い関係になっているとかではない。一瞬の気の迷いだ、深い考えもなくキスしてしまっただけだ」

ありえない。ママもそう思っていた。

「深い考えもなく？」ママは叫んだ。「よくもそんなことがいえたわね！」

そしてまた、けんかが始まった。ふたりとも、相手の話なんかきいちゃいない。ママはひどくしゃくりあげながら泣きはじめた。おぼれて空気を求めている人みたいに。あたしはママのそばにいって、腕をまわした。だけど、気づいてたかどうかもわからない。

しまいには、あたしはそっとその場を離れた。学校に行かなきゃいけないのに、あたしはフランキーの家にむかった。友だちにそばにいてほしい。フェリーで川を渡っているとき、ほんとうならすばらしい朝だってことに気づきもしなかった。あったかくて、キラキラしてて、学校をサボるには絶好の日だ。頭がぼーっとしてたし、気持ちも悪い。ママとパパがホントに別れたら？　さっきは別れてほしいと思ってたけど、内心そんなことになってほしくない。

ブラッドリー城に着くと、門が開いていたので、そのままなかに入れた。ふつうなら、ブラッドリー家はセキュリティに関してはありえないくらいきびしい。このちょっとした不注意が、サイコーのタイミングで起きた。だれにも見られずにお気楽ルームに入れるといいんだけど。ところがテラスを歩いているとき、ふいに目の前にフランキーがあらわれた。日なたぼっこができるように、ベッドを外に出して寝ていた。

あたしはイスをとってきて、フランキーの横にすわった。ああ、フランキー！　フランキーはいつも、あたしのそばにいてくれる。たとえ——いまみたいに——眠っているように見えてもかまわない。あたしはフランキーの手をとった。ひんやりしてて、息もつらそうだ。冬の川でボートをこいでいる人みたい。フランキーのとなりで、あたしは話しはじめた。まるで、フランキーがホントは起きてあたしの話をきいてくれてるみたいに。前にいってた、お父さんが浮気した馬屋の女の子はどうなった？　お父さんはそのあとも会ってる？　それとももう会わなくなった？　そういえば、離婚の話も出てたよね？　そのあとどうなったか、きいた？

まだけんかしてるの、それともなくなった？

フランキーが答えないので、あたしは自分の家族に起きた話をした。問題の相手が看護師のジュディス・メイソンだってことはだまってたけど、ほかのことはぜんぶ話した。もう少しで話が終わるというとき、ミセス・ブラッドリーが娘のようすを見るために出てきた。

足音をきくなり、あたしはあわててベッドの下に隠れた。自分でもおかしなことをしたものだと思う。だけど、だれとも顔を合わせたくなかったし、学校をサボった理由を説明したくもなかった。そして、フランキーは理解してくれた。あたしには、わかる。眠っているように見えるけど、おもしろがっていた。ぜったいに、おもしろがっていたはずだ。だって、くすくす笑いたいのをがまんしてるのがわかったから。

それから長いこと、あたしはそのままベッドの下にいた。ミセス・ブラッドリーはあれこれフランキーの世話を始めて、その場を離れようとしなかった。そのうち看護師のひとり――ジュディス・メイソンじゃないはず。二十四時間体制のフランキーの看護師のひとり――が出てきた。ふたりは、ひそひそ声で話してたけど、よくきこえなかった。そのうちミセス・ブラッドリーがあたしの出したイスにすわって、フランキーに小さい声で話しかけはじめた。これもまた、よくきこえなかった。

ミセス・ブラッドリーがそのまま長いことといたので、そのうちあたしは眠ってしまった。ベッドの下はあたたかかったし、ミセス・ブラッドリーのささやき声に眠気をさそわれた。どちらにしても、ここ二十四時間で起きたできごとのせいもあるはずだ。つかれたどころか、もうへとへとだった。

しばらくして目がさめると、お日さまの位置が変わってて、庭にはさっきまでなかった影がたくさん落ちていた。同じ日とは思えない。フランキーのベッドの横にいるのは、ミセス・ブラッドリーだけではなくなっていた。みんな、そこにいた。ディガーズも、ジョージも、ミスター・ブラッドリーも、ハーバート先生まで。ハーバート先生が家のなかに入っていくとき、あたしはじっくり観察した。実物を見るのははじめてだ。たしかにフランキーのいうとおり。オーランド・ブルームよりずっとカッコいい。

もっとも、フランキーにその話をするチャンスは二度となかった。

フランキーは、死んでいたから。

最初は、気づかなかった。みんなが行ったり来たりして、泣いている人もいたし、まさかこんなに急だとは思ってなかったという人もいた。それでもあたしは、冗談だと思った。ありえないのはわかってるけど、フランキーのくすくす笑いを思い出して、いまにもベッドの下に顔を出して「見ーつけた！」とかなんとかいうんじゃないかと待っていた。

だけどそのとき、ディガーズの声がした。低い悲しそうな声で、これっぽっちも冗談なんか混ざってない。「あの木を見てみろよ。ほら、川を見て。海も、空も、なんてきれいなんだ。なのに、なんということだ！」

ディガーズの声は、重々しくて感情があふれていた。そして、あたしは知った。ほんとうなんだ。ほんとうに、なんということ！　あたしはみんなが家のなかに入るまでずっと、ベッドの下にいた。フランキーのベッドを家のなかに運ぼうということになってたら、見つかってただろう。だけど、みんなはフランキーをそのまま外にいさせた。お日さまの最後のぬくもりをフランキーの肌からうばいたくないみたいに。

おかげで、みんなが家に入ったすきにこっそり脱出できた。あたしはそーっと、ベッドの下からはいだした。まだフランキーのくすくす笑いがきこえるような気がする。そんなこと、ありえないとわかっているのに。

フランキーが知ったらおもしろがるだろうな……あたしはそう考えながら、ベッドの横に立っていた。計画したってこんなにうまくはいかないはずよ、そういうだろう。フランキーは逝ってしまったけれど、フランキーのユーモアセンスはまちがいなく生きつづけている。これも、おもしろいことノートに書いておかなくちゃ。ぜったいに。

「ベッドの下に隠れた女の子の話、知ってる?」あたしは、帰る前に小声でいった。「あのね、最後の笑い話の主人公は、その子だよ。友だちにずっと打ちあけ話をしてたんだけど、笑っちゃうよね。だって、その友だちは死んだから」

ニャランニャラン

フランキーは、願っていたように棺に花で〝ニャランニャラン〟と書いてはもらえなかった。だれもまじめに受けとってなかったから。そんなのおかしいと思うけど。でも、火葬という希望はかなった。灰はあとでキャッスルコーブにまいた。そして、形見はすべてフランキーがいっていたとおりの相手に渡った。あたしがちゃんと確認した。

いまのいままで、あたしがフランキーのベッドの下にいたことはだれも知らない。なんとかだれにも見られずにぬけだして、あとでミセス・ブラッドリーが電話をしてきてフランキーが亡くなったといわれたときも、知らなかったフリをした。

こうしてノートに書いているいまが、あの日ほんとうに起きたことをはじめて打ちあけていることになる。たぶんだれにも読まれないだろうけど、少なくともちゃんと白状した。

最後にひとつだけ書いておきたいことがある。それで終わりにしよう。もっと前に書いてもよかったんだけど、最後にもってくるのがいちばんいい気がした。それより何より、それがあたしが思い出したいフランキーの姿だから。キャッスルコーブにまいたとはいえ、灰の山なんかではなくて。

フランキーが入院を終えてもどってきた直後だった。あのカルシウム量をはかるための入院だ。例の黄金時代で、あたしはフランキーのところに入りびたっていた。ミスター・ブラッドリーに、家族全員があたしに感謝してるといわれたことがあったけど、そう、あれも、このときのことがとくに頭にあったからだと思う。

あのころ、どういうわけか、フランキーの両親にスカイダイビング事件のことがバレた。ディガーズが学校を休んだせいかもしれないし、よく覚えてないけど、あたしが何があったか説明しなきゃいけなくなったのはたしかだ。フランキーの両親は、そういえばフランキーは子どものころにパイロットになりたいといっていたっけ、と思い出した。そして、フランキーがヒミツにしてた飛ぶ夢の話になり、自由と飛ぶことと笑うことがセットになっていることや、あたしがフランキーのためにつけて。

飛ぼうとしたことも話した。飛ぶことへの恐怖を、フランキーの死への恐怖と結び

フランキーの両親は、理解してくれた。そういえばそうだったといろんなことをつなぎ合わせて、納得してくれた。それだけじゃなくて、フランキーの病状がここまで進んでも何かしらできることがあるはずだといいだした。あたしも、フランキーはやっぱり飛ばなきゃいけないと意見をいって、ふたりも賛成してくれた。だから、前にセヴァーン川の河口に気球が浮かんでるのを見たという話をした。すると、さすがはブラッドリー家で、気球をひとつ買ってきた。

借りるだけじゃなくて、自分たちのものにしなきゃ気がすまなかったらしい。しかも、世界レベルの気球のパイロットと、その人の会社の手伝いの人までたのんで、すばらしい空の旅を計画した。

だけど、サプライズにしておかなきゃいけない。フランキーには、計画を知らせないようにしなければいけなかった。ある日曜日、フランキーの両親は大きい庭園のあるホテルを予約して、ジョージとディガーズのテストが終わったお祝いの

ティーパーティだといった。そのふたりさえ、最後のサンドイッチが片づけられたあと、何が起きるかは知らなかった。

ホテルの正面には大きい芝生があって、あたしたちはそこにすわっていた。そして裏にはもっと大きい芝生があり、そこでパイロットや手伝いの人たちが発進場所を用意していた。食事が終わって、ぶらぶらそちらへ歩いていくと、メインテナンス用のトラックがとまっていて、うしろのドアから巨大なバスケットが運びだされてるところだった。

フランキーの両親が、真っ先にそちらに走っていった。

「なんなの？」フランキーはたずねた。

「さあ？」あたしはいった。

ディガーズがそれをきいて笑った。〝あたしには関係ないもん〟というふうに肩をすくめたけど、ディガーズは、うそだろというふうにこちらを見ていた。そのころにはバスケットがトラックからおろされ、パイロットが近づいてきて自己紹介をした。見たこともないほど深いグレーの瞳で、鋼《はがね》のように、強くて静かで光り輝いている。パイロットは、チームのメンバーも紹介した。広がった髪をした女の人がメインテナンス用トラックの責任者で、もうひとり、若い女の人がいた。ボニーという名前で、あたしたちといっしょに飛ぶという。

「どういうこと？」フランキーはいった。「意味がわからないわ。『いっしょに飛ぶ』って？」

パイロットは、にやっとした。ミスター・ブラッドリーとミセス・ブラッドリーも。ディガーズもまた笑いだしたし、ジョージはうれしそうな声をあげた。

「初飛行おめでとう」パイロットがいった。

フランキーは、歓声をあげた。だけど、飛ぶも何もその前に、ブラッドリー家のあたらしい気球を発進させなければいけない。バスケットを、しわくちゃに折りかさなったブルーの布にケーブルで装着し、巨大扇風機ふたつで風を当てて布をピンとさせ、発電機を設置するのだ。

布をふくらませるのはパイロットの役目だけど、若い助手がいて、身のこなしが軽くてすばやかった。ふたりは協力してブルーの布を地面の上に広げ、あたしたちに指示して布のまわりに配置させ、すみずみまで空気が入るように布をふるようにいった。それからフランキーとミセス・ブラッドリーが風船の口のところに、ミスター・ブラッドリーがその反対側にスタンバイし、はしっこをもって空気をなかに入れる方法を教わった。

とうとうパイロットが扇風機のスイッチを入れた。すると、みるみる風船がふくらみはじめた。ミッドナイトブルーの布が、波立つ海みたいにホテルの芝生に広がる。あっというまに、布はいっぱいにふくらんで、なかでウェディングパーティができそうなくらい大きく見えた。パイロットがゴーゴーとなるプロパンガスのバーナーをもって、ドラゴンの息みたいに熱くはげしい炎を風船の口にむけた。

すると、ものすごいことが起きた。なかの空気があたたまってくると、風船はぐんぐんあがりはじめた。こんなに速く熱に反応するなんて、ビックリ。ついさっきまで、地面の上をゆらゆらしているだけだったのに。バスケットもその横でぴたりと静止してたのに。ところがいまは、風船があがり、バスケットも上に行こうとしてかたむきはじめてる。ついに、風船もバスケットも準備完了！

フランキーが、いちばんにバスケットに乗った。グレーの瞳のパイロットとお父さんに支えられながら。ブラッドリー家の残りの人たちは、ひとりで乗らなきゃいけなかった。

「さあ、早く」パイロットは、フランキーがしっかりバスケットのなかにおさまるといった。「時間をムダにしたくないんでね」

みんな、バスケットのほうに近づいていったけど、あたしはあとずさりした。これはフランキーのためのイベントであって、あたしのじゃない。さんざんヒミツの計画をしてきたけど、あたしも飛ぶなんて、一度だっていったことはない。

だけどフランキーは、あたし抜きで飛ぶなんてとんでもないといった。ほかの人もみんな、そういった。「どこへ行くつもり?」あたしがトラックのほうにむかおうとすると、みんながいった。

気づいたら、バスケットに引きずりこまれてた。そして、フランキーとディガーズのあいだのベンチシートに押しこまれてた。

「ホント、ダメなんだってば……」あたしはずっといってた。だけど、みんなは笑うだけで、手をつないでるからだいじょうぶだといった。

もう逃げられない。助手のボニーが、発進するときの体勢を教えてくれた。無事に空中に浮かぶまで、すわったままその体勢をとらなくちゃいけない。あたしにいわせれば、ずっとそのまま頭を低くして目を閉じていたかった。だけど、フランキーのせいでそうもいかなかった。

あっというまだった。地面をまだ離れてもいないうちに、フランキーが立ちあがった。パイロットがバーナーを風船の口にむけて、あらたな熱を吹きこむ。フランキーは立ったまま、風船がピンと張って、バスケットがゆらゆらするのをながめていた。

みんな、どきっとした。

「すわってください」パイロットがいったけど、フランキーはいうことをきかない。

さらなる熱風が吹きこまれ、バスケットは地面を離れた。フランキーはあたしも引っぱって立たせて、何が起きているのかを見せた。ボニーがトラックと気球をつないでたケーブルをはずす。いよいよだ。あたしたちは、空中にいた。あたしたちは、飛んでいた。

飛んでいた！

発進場所が、石が井戸に落ちるみたいにどんどん下へ離れていく。それと同時に、ありえないけど、飛ぶ恐怖もすーっと消えていった。こんなふうになるとは思ってもみなかった。だけど、見るものがたくさんありすぎて、こわがってるヒマなんかない。

世界が大きいのは前から知ってたけど、ここまで大きいとは思わなかった。ホテルの芝生がどんどん小さくなり、終わりがないほど大きい世界が広がっている。あっというまに、ホテルがどこかもわからなくなった。あのあたりで日曜日のお茶を楽しんでいたはずなのに、いまはもう見えない。

バスケットからのながめは、圧巻だった。車でここまで走ってきた道をさがそうとしたけど、ムリ。何もかもが、空中にいるとちがって見える。見覚えのあるものなんて、ひとつもない。パイロットが、飛行しているスピードのせいもあると説明した。強い風であらゆるものから遠ざかっているからだ、って。

えっ？　わけがわからない。スピードなんて、まったく感じないのに。空中では何もかもが静かで落ちついている。ていうか、あたしたち、ほとんど動いてない気がする。

「風って？」あたしはたずねて、あたりをきょろきょろした。みんなの髪の毛も、まったく乱れてない。

パイロットはにっこりした。わけがわからないのももっともだ、というふうに。

「見えないからって、風が吹いてないということにはならないんだよ」パイロットはいった。「単純なことだ。こうして飛んでいるときは、ぼくたちは風の一部になっている。ちょっと考えてごらん。静止しているときに風に打ちつけられたら、まともに力を感じる。だけどいっしょに動いていれば、何も感じない。風の中心にいれば、まったく静かなんだ」

いまでもよく、その言葉を思い出す。心にいつまでも残る言葉ってあるものだけど、これもそのひとつだ。フランキーの病気って風みたいなものなんだな、とあたしは思った。みんなでいっしょに吹きとばされているけど、気づいたらその中心の静かな場所にいた。

そのあとは、不思議に平和な気持ちだった。不思議に守られているような気がした。自分たちがしてることを考えたら、おかしいんだけど。下を見ると、バスケットの下に広がる世界は、読まれるのを待っている本みたいだった。あたしはさんざん、うそのない正直なものを求めた。そしていま、それをたくさん手に入れた。何もかも、ハッキリと見える。下の世界にヒミツなんてひとつもない。すべてが、ありのままの姿をさらしてる。すべてといったら、すべて。

飛ぶまでは、あたしが育った土地にこんなにたくさんの丘や谷、川や湖、家や庭、村や町があるとは知らなかった。こんなにたくさんの木があることも、その木にこんなにさまざまな色合いの緑があることも、知らなかった。自転車に乗ったふたりづれが、風船の影に入って顔をあげる。庭で遊んでた子どもたちが手をふり、あたしたちもふりかえす。野原のヒツジたちが、バーナーがうなる音にビックリしてかけまわる。農場の犬がキャンキャンいいながら飛んだりはねたりしている。空に浮かぶ炎を吐くドラゴンなんてこわくないぞというふうに。

そのときパイロットが、もともと演出が得意みたいで、あたらしいものを見せてくれようと思ったらしい。最初、何が起きてるのかわからなかった。パイロットがバーナーを動かして、下の世界がますます遠ざかっていること以外には。

ふいに、まわりに雲があらわれた。最初、あたしたちは雲のすきまから景色を見ようとしてた。ところがすぐに、それもできなくなった。ほんの数分のうちに、あたしたちは雲と、不思議な霧にとりかこまれてしまった。日光はまだ雲のすきまからさしこんでくるけれど、何もかもがちがう色に光っている。

すばらしい光だった。そこは、その光に照らされている王国だった。雲のなかのお城、とろけるような白い山々と金色の山々が、地面と空の境目をぼやかしている。キャッスルコーブもひとつの王国だと思ってたけど、これとはくらべものにならない。

フランキーのほうを見ると、フランキーもあたしを見つめた。すると、グレーの瞳のパイロットが再びあたしたちを上へと導き、そのうち雲より高くなった。こんなに空高いところにいると、ブルーという言葉がまったくちがう意味をもってくる。あまりにも鮮やか。空は、鮮やかすぎるブルーだった。うつくしくて、生き生きとして、カンペキ。あまりにも澄んでいて、いままで見てきたものなんかすべて、にごった沼みたい。

「ニャランニャラン」フランキーがつぶやいた。

「うん。たしかに」あたしもいった。

グレーの瞳のパイロットがあとで教えてくれたけど、あたしたちは地上二キロ近いところにいたそうだ。ものすごく高いといいたかったんだろうけど、その場にいると、百万キロくらいに感じられた。宇宙の反対側にいるといってもおかしくないくらい。

そのあとはずっと、もっと低いところを飛行した。気球は雲のあいだを通って高度をさげ、地面がまたハッキリ見えてきた。夕日を浴びて水面が輝いてるのも見える。野原や谷に落ちる影が長くなり、そろそろあたしたちの飛行も終わりに近づいてきた。

高度をどんどんさげながら、あたしたちは着地する場所をさがした。ボニーは無線でトラックと連絡をとっていた。ミスター・ブラッドリーは、まるでベルトをつけた一時間の飛行でいきなりプロになっちゃったみたいに、着地できる場所を指示していた。ミセス・ブラッドリーはずっと、もっと飛んでいたいといっていた。ジョージやディガーズも。

だけどフランキーは、何もいわなかった。ニャランニャランとつぶやいたあと、ひと言もしゃべってない。だって、ほかにどんな言葉がある？

そのころには、すぐ下にある木に触れるくらい地面に近づいていた。木に巣をつくっている鳥まで見えた。頭上では、一番星がかすかに光っている。ほんの一瞬、あたしたちが、その星とあたしが、同じ海を航海する仲間みたいな気がした。同じ目で世界をながめているような気がした。

そしてふいに、目の前に着地できる原っぱがあらわれた。気球を真っぷたつにしてしまうような鉄柱もないし、風船を破ってしぼませてしまうような切り株もあまりない。ミスター・ブラッドリーが、「ここだ、いいぞ、いいぞ……」と声をかけて、ボニーがあたしたちに着地の体勢をとるようにいった。

羽根のようにそーっと、あたしたちは着地した。真っ先に思ったのが、またあがりたい！　だった。空がまた頭の上にあって、地面が足の下にある。しっかりと動かない地面が。何もかもが元通りで、いままでといっしょだ。だけど、何ひとつ同じようには感じられない。

そして正直いって、それ以来ずっと、何もかもがちがって感じられるようになった。

空の上に行ってみて、あたしは変

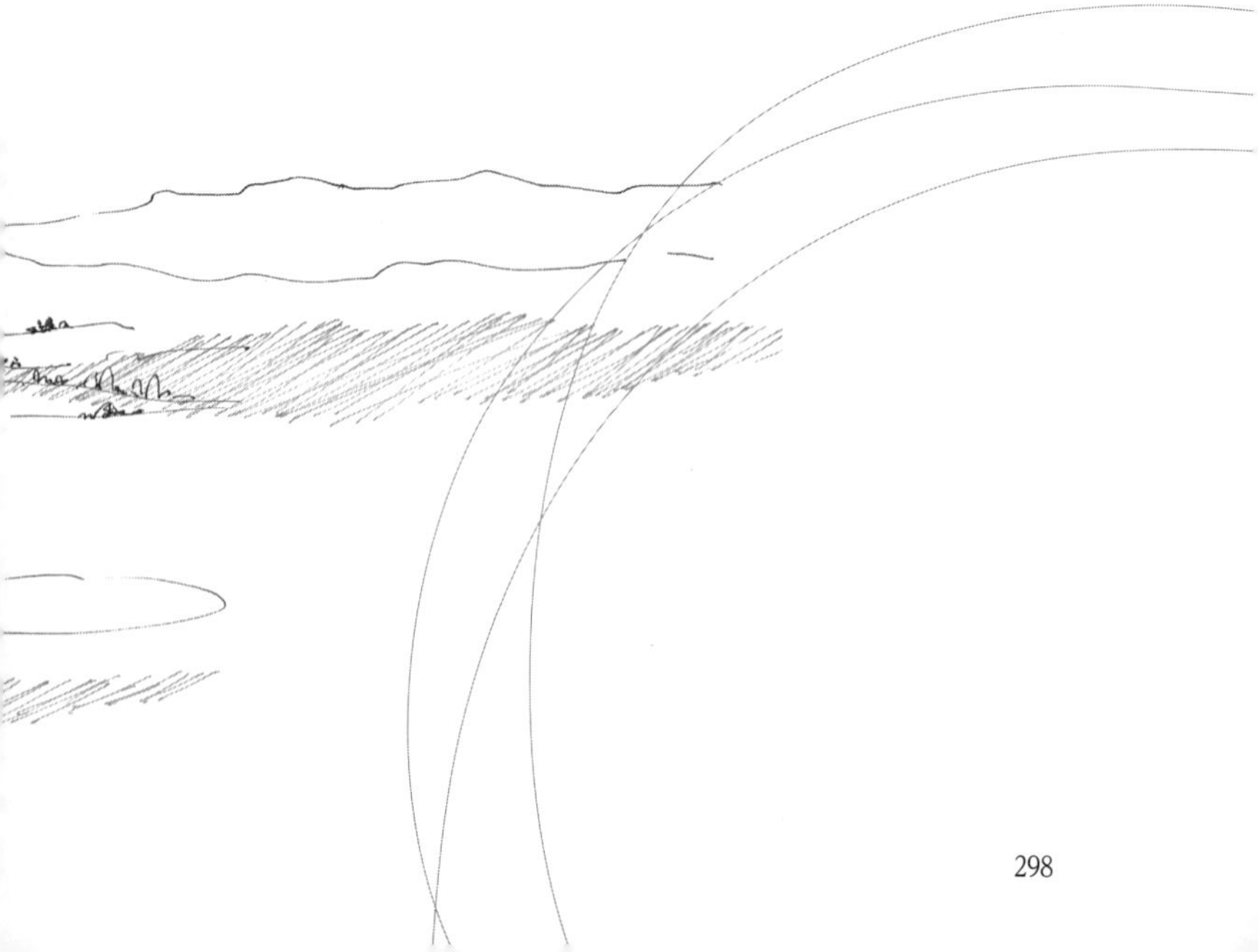

わった。人生の見方も、考え方も変わった。思い切って飛んでみたら、変わっていた。しかもあたしは、自分のために飛んだ。ほかのだれでもなく。フランキーのために飛んだのでもなかった。フランキーも、自分のために飛んだ。そしてあたしの恐怖はなくなった。あの遠い空の上で、フランキーの恐怖もなくなった。あたしたちは、自分たちについてあたらしい発見をした。すべてが、いままで考えてたのとはちがってきた。自分たちの世界からぬけだしてみたら、またあらたな世界がそこにあった。

気球から空気を抜くのは速かったけど、終わるころにはあたりは暗くなっていた。野原を二個のヘッドライトが近づいてきたと思ったら、でこぼこの地面をトラックがやってくる音がきこえた。トラックがあたしたちのいるところまで来ると、バスケットを荷台にもどした。それから、いろんな荷物をまとめて積みはじめた。

あたしたちはみんなで、わいわいがやがや手伝った。あっというまに、すべての備品がトラックの荷台におさまる。するとだれかがシャンパンのボトルをとりだして、みんなで乾杯した。みんなの健康に乾杯。もちろんフランキーの健康にも。そのころにはもうフランキーは、つかれきってトラックの座席によじのぼってすわり、すでに半分うとうとしてた。顔にほほ笑みを浮かべながら。

訳者あとがき

死をあつかった物語は、とくにヤングアダルトという分野には比較的たくさんあります。人が死ぬというだけですでに涙を流すことが約束されているようにも思えますが、しめっぽくも安易でもない感動的なストーリーというものはそんなに簡単にできるものではなく、胸を打つ作品には、それぞれ際立った、キラキラ光るすばらしさがあります。この作品の原書のタイトルは〝Flying for Frankie〟といい、直訳すると章タイトルのひとつでもある「フランキーのために飛ぶ」です。簡単にいってしまえば「癌におかされた少女との友情を描いた作品」ですが、病気や友情をテーマにした物語のなかで、こんなに愛おしさのあまり登場人物を抱きしめたくなったこともありません。

さえない平凡な女の子カリスと、プリンセスのようなフランキーという、外から見たら対照的なふたりが、対立したりムシしたりしながらも、おたがいの共通点にいごこちのよさを覚えて友情をはぐくんでいきます。カリスはみょうにがんばっては空回りしてばかりだし、フランキーは強がって意地をはってばかりだし、ふたりとも不器用ですが、それだけにべたべたしない友情がとてもさわやかです。そして、ふたりに共通するユーモア精神が物語全体をつつんでいて、つらい話でも暗さがなく、心がじんわりあたたかくなります。カリスの奮闘ぶりにも、フランキーの勇気にも、（物語の一シーンにあるように）拍手かっさいしたくなります。

主人公のふたりだけでなく、登場人物がそれぞれどうしようもない弱さをもっていて、そのダメさかげんときたらもう、ほんとうにダメです。どうしてこんなシーンが必要なんだろうと最初は感じた部分もありましたが、最後まで読んでみると、いわゆる魔がさしてしまうことがある人間の弱さが伝わってきて、いっそう、だれもがたまらなくやさしくて愛すべき存在に思えてきました。

そして、これほど心の洗われるラストシーンを読んだのは、はじめてです。

この物語を訳すにあたっては、多くの方にお世話になりました。最後になりましたが、心からお礼申し上げます。

フランキーといっしょに空を飛んで、思い切り笑って、自由な気分になりましょう。

二〇一一年二月

代田亜香子

著者●ポーリン・フィスク

イギリスの児童文学作家。スマーティーズ賞などを受賞し、ウィットブレッド賞の候補にもなる。邦訳された『ミッドナイト・ブルー』（原田勝訳／ほるぷ出版）をはじめとして、“The Candle House”、“The Mrs Marridge Progect”、“Sabrina Fludde”、“In the Trees” など、ファンタジー小説を中心として数多くの作品がある。本書の執筆のため、じっさいに熱気球飛行を体験した。シュロップシャー州在住。

訳者●代田亜香子（だいたあかこ）

神奈川県生まれ、東京都在住。翻訳家。主な訳書に「プリンセス・ダイアリー」シリーズ（メグ・キャボット／河出書房新社）、「メディエータ」シリーズ（メグ・キャボット／理論社）、『私は売られてきた』（パトリシア・マコーミック／作品社）、『男子って犬みたい！』（レスリー・マーゴリス／ＰＨＰ研究所）、『バリスタ少女の恋占い』（クリスティーナ・スプリンガー／小学館）などがある。

画家●門司美恵子

装丁デザイン●チャダル108

YA Step!

フライ・ハイ

発　行	2011年３月　初版 2014年７月　第２刷
著　者	ポーリン・フィスク
訳　者	代田亜香子
発行者	岡本光晴
発行所	株式会社あかね書房 〒101-0065　東京都千代田区西神田3-2-1 03-3263-0641（営業） 03-3263-0644（編集）
印刷所	大日本印刷株式会社
製本所	株式会社難波製本

NDC933　303P　20cm　ISBN978-4-251-06673-2